海鸥街的幸福生活

海鸥街的秘密

［德］科尔斯滕·波伊／著
［德］卡特琳·恩格尔金／绘
王烈／译

陕西新华出版传媒集团
未来出版社

图书在版编目（CIP）数据

海鸥街的秘密 /（德）科尔斯滕·波伊著；王烈译 .
-- 西安：未来出版社 , 2021.5
（海鸥街的幸福生活）
ISBN 978-7-5417-6893-4

Ⅰ . ①海… Ⅱ . ①科… ②王… Ⅲ . ①儿童小说—长
篇小说—德国—现代 Ⅳ . ① I516.84

中国版本图书馆 CIP 数据核字（2020）第 178211 号

Geheimnis im Möwenweg
Copyright © Verlag Friederich Oetinger GmbH, Hamburg 2010
Simplifed Chinese translation copyright © Shaanxi Future Press Co.,Ltd. 2017
Simplifed Chinese translation rights arranged with Andrew Nurnberg Associates International Ltd.
All rights reserved.
著作权合同登记：陕版出图字 25-2018-018

海鸥街的幸福生活

海鸥街的秘密
HAIOUJIE DE MIMI

[德]科尔斯滕·波伊 / 著　　[德]卡特琳·恩格尔金 / 绘　　王烈 / 译

总 策 划：唐荣跃　　　　　　　　执行策划：王雷颖轩
丛书统筹：王雷颖轩　　　　　　　责任编辑：王雷颖轩
排版制作：未来图文工作室　　　　封面设计：许　歌
技术监制：宋宏伟　　　　　　　　发行总监：樊　川

出版发行：陕西新华出版传媒集团　　地　　址：西安市登高路 1388 号
　　　　　未来出版社　　　　　　　邮　　编：710061
电　　话：029-89120506　　　　　经　　销：全国各地新华书店
印　　刷：保定市铭泰达印刷有限公司　开　　本：710mm×1000mm　1/16
印　　张：7.75　　　　　　　　　　字　　数：78 千字
版　　次：2021 年 5 月第 1 版　　　印　　次：2021 年 5 月第 1 次印刷
书　　号：ISBN 978-7-5417-6893-4　定　　价：28.00 元

目 录

海鸥街的大人、孩子和宠物

我叫塔拉，今年九岁，但过完生日都快三个月了，所以确切地说是九岁零三个月。

我哥哥派特亚已经十一岁了，我弟弟茅斯才五岁。我也想有个姐姐或者妹妹，家里两个男孩两个女孩，这样才公平，不然我总是占少数。

幸亏我们住的地方女生多！这里叫海鸥街，之前只是一片荒地，现在还在建设中，要盖很多新房子。我们的房子建好一年了，我和其他家的孩子也认识一年了。

我们住的是一排的那种房子，我觉得比单独一栋好，因为大家住在一起，只要没有凶邻居夹在中间，我们这些小孩儿还能从后院串门。可惜我们这里就有一家不太友善。

　　我再说一遍吧，我、派特亚、茅斯住在 5E，是这排房子的倒数第二栋。最边上那家（5F）住着克里菲尔德爷爷奶奶，他们虽然不是我们真正的爷爷奶奶，但很和蔼，感觉就像亲爷爷亲奶奶一样。这很好，因为外婆住得离我们很远，在腓特烈施塔特市[1]，不可能每天都来看我们，但克里菲尔德爷爷奶奶一直在我们身边。

1.腓特烈施塔特市：德国北部一个城市。

我们家另一边住着瓦赞先生和太太，他们不太好相处，是我们这一排唯一没有孩子的一家（克里菲尔德爷爷奶奶不算，人老了就不生孩子了）。瓦赞一家不许我们在他们家后院跑来跑去，说要学会尊重私人财产，但我觉得只是因为他们在院子上花了很多钱而已——专门请园丁来布置，还在栅栏上挂了小金球，地上铺了很贵的草皮。这些当然怕我们弄坏了。

　　瓦赞家紧挨着我们家，他们家另一边就是我最好的朋友蒂妮珂家。她和我同岁，都读三年级，又都在石特林老师的班，是不是就像双胞胎一样？不过蒂妮珂的头发是金色的，我的是棕色的。

　　蒂妮珂家另一边住着另外两个女生：弗丽茨和悠儿。她们就可以从后院过去串门，中间没有凶巴巴的瓦赞家隔着，我觉得真是太不公平了。因为我才是蒂妮珂最好的朋友，弗丽茨和悠儿只是她第二好的朋友（也是我第二好的朋友）。她们和我们不同岁，弗丽茨才八岁，悠儿已经十一岁了，而且最近悠儿有时也挺讨厌，不愿意和我们一起玩，所以我也不知道她还能不能算我第二好的朋友，不过大部分时候还可以算吧。

　　弗丽茨和悠儿家的另一边就是顶头的房子，住着两个男生：文

森特和劳林。派特亚说幸亏有他们住这儿，不然整天和一群女孩子玩，很快就会开始穿裙子、涂指甲了。说得像真的一样！他这么说只是要气气我们。

文森特十岁，劳林才八岁，和派特亚不同岁。但文森特很聪明，所以和派特亚同班。劳林就普普通通。

数清楚了吗？我们海鸥街一共四个女生四个男生，我觉得很公平，尽管茅斯太小，可能只能算半个男生。不过这样一来，男生女生各一队踢足球的时候正好，因为弗丽茨踢得也不太好。

文森特和劳林家很有钱，所以住最边上的房子（最边上的房子最贵，因为三面都有院子，其他房子只有前后有院子）。他们的父母离婚了，他们的爸爸住得很远，开车到这里要三个小时，尽管有一辆很贵的敞篷车，也只能偶尔来看他们，或者他们去看他。他们的妈妈是老师，有点儿严厉，不过我觉得她比刚来时好多了。瓦赞一家也变好了（我过生日时还送了我一盒巧克力，可惜是我不喜欢的咖啡牛奶味）。只要住在海鸥街，谁都会变好，妈妈说友善会互相感染。

弗丽茨和悠儿的父母本来就很好。她们的爸爸叫米夏埃尔，是这里最好的爸爸（当然除了我爸爸之外），风趣幽默，还会给宠物做笼子。

他给蒂妮珂养的两只兔子做了笼子，它们叫小黑绒和小白绒，本来应该是养不大的侏儒兔，结果却是巨型花明兔 [1]！都快和狗一样大了！我觉得巨型兔也挺好。

海鸥街最可爱的宠物还是我养的豚鼠兰比。当然派特亚也有份，不过他不喂，不打扫笼子，也不训练它，都得我来，所以兰比几乎可以算是我一个人的。

它肯定也这么想，每次我去笼子那里它都兴奋地直叫。克里菲尔德爷爷说它听到我的脚步声就很高兴，豚鼠都这样。

我们在克里菲尔德爷爷家的院子里租了一块地方用来放兰比的笼子（弗丽茨和悠儿的爸爸做的），不放我们家院子是因为瓦赞家

1. 巨型花明兔：原产于比利时，体形庞大。

不乐意，他们家花园一边已经有蒂妮珂的兔子笼，不想另一边再看到一个豚鼠笼。瓦赞太太说，那样就白白花钱布置了那么好的花园。不过我觉得看着豚鼠笼比看着草皮好多了。

（新年前一天我们在市政厅捉到了这只豚鼠，派特亚给它取名叫兰博，不过我觉得这名字不好听，是男生才会取的名字，我管它叫兰比。）

大人、孩子、宠物都说清楚了吗？我们在海鸥街过得幸福吧？我不相信世界上还有更好的地方，所以我、蒂妮珂、弗丽茨、悠儿要永远住在这里。这很好实现，以后和这里的男生结婚就行。他们也是四个，刚刚好，那我们长大之后还会幸福。

还好离长大还有很长很长的时间。

2

学校来了新朋友

情人节之后那天，我正在系鞋带准备上学，妈妈望着窗外说："春天怎么还不来？我都要疯了！冬天已经够长了吧，这灰蒙蒙的天气真让人郁闷！新年过后就一点儿让人开心的事儿也没有！"

这时门铃响了，蒂妮珂来约我一起上学，我就没和妈妈说我觉得她有点儿傻（当然不能这么说妈妈，就算是事实也不行），其实只要想开心就能开心啊！

悠儿和弗丽茨的爸爸曾对我爸爸说：一个瓶子只有一半水，半瓶满还是半瓶空全看你怎么认为（就是说你可以因为还有半瓶而高兴，也可以因为没了半瓶而难过）。二月也是一样的道理，可以说天气阴沉，让人郁闷；也可以说有情人节和狂欢节[1]让人开心。而我

---

1. 狂欢节：基督教的一个节日，一般在二、三月份举行。

更愿意说二月是个美好的月份。

情人节已经过去，我、蒂妮珂、弗丽茨和悠儿做了许多好看的贺卡，我们班同学还在学校里负责传递贺卡——前一天把贺卡收来（不写谁寄的，保密！），情人节当天送到收信人手上，就像真正的邮局一样，我觉得很好玩儿。

我对蒂妮珂说："我的情人节其实还没过完呢，还不知道贺卡是谁送的！"

蒂妮珂说："你知道啊！"她早上总是睡不醒，像她妈妈说的，起床气特别大，有时候上学路上还气鼓鼓的，总和人争，"有我送的一张，派特亚也送了，还有你最爱的文森特送的……"

我怒气冲冲地说："我才不最爱文森特！"尽管我们已经约好，以后我和文森特结婚，蒂妮珂和劳林结婚，不过那还早着呢。"海鸥街的我都知道，我说的是在学校收到的，你傻啊！"

蒂妮珂说："那你也应该知道啊！有我送的、琪琪送的、卡罗琳送的……"

我不耐烦地说："对对对！"看来蒂妮珂起床气还没消呢，就爱和我争，不过我说她傻可能也不太好，"我意思是那张画着可爱小龙的不知道是谁送的！"也许蒂妮珂有点儿嫉妒吧，我收到了神秘贺卡而她没有，她收到的所有贺卡她都知道是谁送的。

蒂妮珂气鼓鼓地瞪着我说："那又怎样？有什么稀奇的！"

　　这时琪琪正好跑过来，她也是我们班的，大多数时候都和我们一起上学。

　　她问："你们在吵架吗？"其实应该先说"早上好"的。

　　我俩都摇摇头。

　　蒂妮珂说："塔拉老炫耀情人节收到了一张神秘贺卡！"

　　我说："才没有！我也没办法，谁让那人没写名字！"

　　我从书包里拿出那张贺卡给琪琪看。我特意带上卡片想在学校里比对一下笔迹。字写得有点儿马虎，像男生写的，但封面画着一只粉红色的小龙，太可爱了！我在想是不是哪个男生爱上我了，特意为我挑了一张特别好看的贺卡，也许在超市的贺卡货架前站了好久，选了好久。其实我还不太想爱上别人，不知道爱上别人该做些什么，而且我还要和文森特结婚呢。不过有一个人这么为我费心，我觉得还是挺好的。

　　琪琪喊道："不错啊！是男生送的吗？"

我说："应该是，但不知道是哪个，没写名字。"

琪琪说："蒂妮珂，我们把他找出来，好不好？是我们班上的吗？"

蒂妮珂看起来还是气鼓鼓的，但没之前那么严重。

我说："不知道啊。"可能真是我们班上的男生（其实我不太乐意，因为我觉得他们都太幼稚），也可能是四年级的，要是四年级的就好了，更帅更成熟，更有吸引力。

"让我看看！"琪琪说着就仔细看了起来，"这么不整齐，肯定是男生写的！我们一定要把他找出来！"

我心里一阵高兴，调查和破案最有意思了。我最喜欢的电视剧、最喜欢的书里都有这种情节，可惜我们这里机会不多，没多少坏人可调查。蒂妮珂也马上兴奋起来。

我们走进学校，看到卡罗琳正准备进教室。琪琪喊："卡罗琳！过来一下！"

琪琪把手指放在嘴唇上，表示要保密，然后轻声说："塔拉昨天收到一封匿名'情书'，咱们帮她找出来是谁送的。不找出来的话，以后塔拉玩'抓呆子'时会一不小心抓到他！"

卡罗琳一脸惊恐地说："捉迷藏时也会不小心和他躲到一起！"

"啊！"琪琪叫道，"他会不会偷偷亲她啊？"

卡罗琳说那可说不准，所以必须弄清楚情书是谁写的。蒂妮珂

说她也要参加。她们这么一说，我也必须要加入啊，我可不想不知不觉中和爱上我的人躲在一起。

走进教室，石特林老师都到了。她关上教室门准备上课，我们不能再讨论了，而且还有别的事：新来了一个女生，站在尹珂的座位旁，谁也不认识她。我们都坐下后她也没坐（教室里没有多余的座位），一直看着地上，也没背书包，只拿着一个很小的包，我立刻好奇起来。

石特林老师很惊讶地说："咦？有新同学？学校没和我提啊！"但还是很友好，她虽然姓石特林[1]，其实一点儿都不严厉，非常亲切和蔼。

1.石特林：石特林在德语中的意思是"严厉的、严肃的"。

尹珂举手要发言，也没等石特林老师同意就说："这是我的朋友海珂！"

石特林老师说："好的，但如果大家都直接把朋友带到学校里来，那教室就坐不下了！"

其实我们的朋友差不多都已经在教室里了。

尹珂说她妈妈明天过生日，要开很大的生日会，所以海珂和海珂的妈妈从阿尔滕堡来看她们，但让海珂一整个上午都和两个大人待在家里又很无聊，所以她就带海珂来学校了。

石特林老师说："原来是这样！自愿来上学的孩子我们都衷心欢迎。海珂，你就坐尹珂那张桌子吧，三个人应该能坐下。"确实能坐下，就是有点儿挤。

第一节课我们都老往海珂那边看。我觉得有同学带生人来班上很新奇（有一次阿德里安也带了表弟来班上，但他表弟真的很傻）。海珂开始一直害羞地低头看桌子，学到形容词时突然就活跃起来。

老师问"黄色"是什么类型的词，安德烈第一个站起来，说是"颜色词"，大家哄堂大笑。石特林老师说这样不好，别人答错了也不要笑话，谁都会犯错，而且安德烈的回答也不全错，"黄色"确实是一种颜色，不过没有"颜色词"这种分类。

海珂马上说是形容词，石特林老师说很棒，看来阿尔滕堡的孩子学习很好，她现在更高兴海珂来我们班上了。

然后我们继续上课，像平时一样，只是多了海珂。她很积极，而且知道的很多。

石特林老师说得有道理，阿尔滕堡的孩子学习确实很好，其实我连阿尔滕堡在哪里都不知道。

课间休息时，我们都围到尹珂桌边，想和海珂说话。琪琪、卡罗琳、蒂妮珂也觉得生人来班上很好玩。

卡罗琳问："你跟学校请假来参加生日会吗？我妈妈肯定不会因为这个就允许我不上学！"

海珂说萨克森－安哈尔特州[1]还在放寒假，所以刚好。

我这才知道原来阿尔滕堡在萨克森－安哈尔特州。好不公平啊！

1. 萨克森－安哈尔特州：德国的一个州，州府在马格德堡。

我们这里过完圣诞假就只能等复活节假期，根本没有寒假。阿尔滕堡的假期比我们多，太不公平了！也许我不用那么介意，现在海珂不还是到学校来了吗？不过我不明白，都放假了怎么会有人不去别的地方自愿到学校来。

但海珂说这不是她的学校啊，她觉得挺有趣，而且也不用管成绩。

这时石特林老师又走进教室，这一堂是数学课（乘法），我们只能等到下个课间再聊，好在下个课间比较长，我们有更多的时间，还能去操场上。

大课间大家总要跑去操场边的木架子那里，爬到上面占个好地方，不过今天我们想和海珂聊天（至少女生们都想聊，木架子就留给男生吧）。我也想放假时和朋友去她的学校，别人的学校感觉那么有趣，但哪有这样的朋友呢？我的朋友们都在这个学校上学。

卡罗琳第一个问："你和尹珂是怎么成为朋友的啊？你不是住在阿尔滕堡吗？尹珂住我们这里啊。"

尹珂说："因为我妈妈之前也在阿尔滕堡住过啊！她和海珂的妈妈是好朋友，她们俩同时生了宝宝，取的名字都带一个'珂'字。"

琪琪说："真有意思！"

蒂妮珂挤到前面说："我名字里也有一个'珂'字，我们三个可以做好朋友啦！"

班上的人都说对呀，确实是这样，真巧。卡罗琳还提议她们三个人组一个组合："就叫'三珂组'，好不好？"

蒂妮珂特别当回事，不就是名字里有个"珂"字嘛。她还说当然要组个组合，刚也准备说呢，海珂在这里的时候她们都要一起玩。她也不看看我，我们可是最好的朋友啊！她不能就这样组一个新组合，完全不管我！

她真的不管我了，之后的课间休息都和海珂、尹珂在一起说悄悄话，好像有什么秘密一样，放学后也没和我一起回家吃饭，而是去了尹珂家（她平时都去我家吃，因为她妈妈还没下班）。

她走之前还匆匆和我打了个招呼："告诉你妈妈一声，塔拉，我们得讨论讨论组合的事。后天我再去你家！"

我瞪了她一眼，觉得她这么做可能是因为还在嫉妒我收到了情书。我们都把调查情书的事忘得一干二净，都是因为这讨厌的海珂！

兰比和大理石蛋糕

我一肚子气地回到家里，妈妈做了我不喜欢吃的大头菜[1]，要是鱼排配薯条就好了，蒂妮珂没来吃饭也好，错过大头菜也没什么可惜的。

我只吃了一点儿，妈妈说，就算我生蒂妮珂的气也不能浪费食物，下午饿了可别想吃饼干和冰淇淋，而且她也不喜欢我拉着个脸，又不能每天吃意大利面或者比萨饼，再说大头菜很健康。

于是我又很生妈妈的气。

茅斯问："为什么不能每天吃意大利面啊，妈妈？不配肉汁也不行吗？"

妈妈说："因为不健康啊，没有维生素，老吃那个你就不能茁

1.大头菜：学名球茎甘蓝，俗称芥蓝头或苤蓝。

壮成长啦。"

派特亚说："不是。老吃意面你就会变成肥球，像相扑运动员一样！"然后就咚咚咚地捶胸。

茅斯跟着做，并喊道："相扑！酷不酷，派特亚？"他总是什么都学派特亚，大头菜也没吃完。

派特亚说，这要看你怎么想了，如果你觉得坐下时屁股要占五个板凳很厉害，那就尽情吃意面当个相扑运动员吧。妈妈说，不要这样说话，她在厨房里一站就是几个小时，切菜做饭，我们却不吃，真不知道她自己图什么，还说："至少兰比喜欢这菜叶子。"

我突然意识到，就算蒂妮珂把我抛下和新朋友玩，我也不孤单，还有兰比啊，它会一直陪着我，而且一听到我的脚步就很兴奋。蒂妮珂这个"叛徒"，爱跟别人玩就跟别人玩吧。

我马上把盘子和刀叉放进洗碗机，然后从我家后院跑到克里菲尔德爷爷奶奶家的后院。兰比安安静静地待在笼子里，啃着大头菜的叶子，一听到我来就停下开始吱吱地叫。

我小声说："怎么了，兰比？怎么啦？"

我用钥匙打开笼子上的小锁，把它从自己堆的小窝里拿起来放在手上。它摸上去又软又暖，看得出来它最喜欢我，就算再来个人，不管名字里有没有"珂"，又或者叫什么"比"，它肯定还是最喜欢我。

我摸着它的背小声对它说："我也喜欢你，兰比。"豚鼠的毛摸上去总是那么舒服，又顺滑又干净，就像刚洗过一样，所以豚鼠都不用洗澡。

我说："你永远是我最好最好的朋友！等那个讨厌的海珂回了讨厌的阿尔滕堡，讨厌的蒂妮珂又该来吵着要做我最好的朋友了。那就让她吵去吧！我肯定不理她，这个'叛徒'！"

"谁是'叛徒'啊？"克里菲尔德爷爷问，我都没发觉他到院子里来了。他有时候会来看我喂兰比，说人不能错过任何一个聊天的机会，我觉得他说得很对。

我把海珂还有她们组合的事告诉了他，说永远都不要再和蒂妮珂做朋友，一辈子都不要。

克里菲尔德爷爷说："嗯，你自己决定，好朋友也会闹别扭，不过和好之后友情反而更牢固，相信有经验的老头子吧。"

19

　　我说这回肯定不和好，蒂妮珂太讨厌了。克里菲尔德爷爷问我想不想来一块大理石蛋糕，克里菲尔德奶奶早上刚烤的。

　　当然想啊，克里菲尔德奶奶的厨艺是德国最好的，她做的土豆沙拉是德国最好的（弗丽茨说是世界最好的），她做的传统巧克力布丁也是德国最好的，那她做的大理石蛋糕肯定也是，而且我觉得大冬天在院子里吃大理石蛋糕很好玩，蒂妮珂肯定从来没体验过。

　　"好！"我一边说一边把兰比放回笼子里，"非常感谢，克里菲尔德爷爷！肯定比妈妈做的好吃！"

　　克里菲尔德爷爷说不敢不敢，不过他家"领导"的手艺的确值得一夸，他家"领导"就是克里菲尔德奶奶。

　　幸亏中午没吃多少难吃的大头菜，不然现在都没肚子装德国最好的大理石蛋糕了。我正想问能不能吃两块（我知道不该这么问，不礼貌，但在克里菲尔德爷爷奶奶这里没关系），妈妈就从栅栏上探出头来说："塔拉，有人找你！"

我问："谁啊？"其实猜得差不离了。

妈妈说："蒂妮珂！还有两个女孩子，我不认识。"

我看看盘子，觉得让克里菲尔德爷爷回屋里也好。我突然又非常想跟蒂妮珂和好，是不是很奇怪？我也不知道为什么。

不过我都和克里菲尔德爷爷说一辈子都再也不要和蒂妮珂做朋友了，现在不能说一套做一套吧。不然克里菲尔德爷爷就会觉得我说话不算话，老改主意可不好。

克里菲尔德爷爷小声说："看吧，快去！好好想想我跟你说的话——好朋友，还有和好的事。相信我这个老头子！"

我看着他说："好！"然后就从院子里跑回家了。

说不定克里菲尔德爷爷认为我是因为他说的话才和蒂妮珂和好的，那也不错，反正不是我说话不算话。

可惜没能再吃一块大理石蛋糕。

我们和好啦

蒂妮珂、尹珂、海珂在我家厨房等着我。

蒂妮珂说："塔拉，快过来！"听她声音，好像根本没发觉我生她的气了，是不是很奇怪？我想干脆不告诉她好了，不和她说我气到再也不想跟她玩，也许这样还简单点儿。"我把你收到秘密情书的事告诉海珂和尹珂了，她们想看一下。"

海珂说："情人节我从没收到过男生的贺卡。"我觉得她很诚实，本可以说收到过很多，反正我也不会知道。

尹珂说："我也没有！"

我又感觉良好了："是吗？我收到好多呢！你们想看看吗？"这不是撒谎，我确实还收到了文森特的、劳林的，他们也是男生啊（派特亚和茅斯当然不算，他们是我的哥哥和弟弟）。

我们上楼进到我的房间，我把所有的情人节贺卡拿给她们看。贺卡用一条红丝带扎着，放在书桌抽屉里，这条丝带是圣诞节时用来捆熔岩灯盒子的。

尹珂红着脸说："我要去下卫生间。"然后就出去了（我觉得上卫生间没什么可脸红的，尤其在朋友家）。

海珂一个人看着贺卡：蒂妮珂送的、悠儿送的、文森特送的，还有茅斯送的画得乱七八糟的那张，但画着可爱小龙的那张不知为何不见了。

"奇怪……"我边说边看桌底下，说不定掉下去了，但桌底下也没有。

海珂说："没关系，我相信你！"尹珂回来后也说信我。蒂妮珂说我也可以加入她们的组合，她们在尹珂家觉得"三珂组"这个名字太傻了，现在改叫"野兔三人组"，有个著名的动画片就叫这个名字，蒂妮珂还养了小黑绒和小白绒。

蒂妮珂说"也完全可以叫'野兔四人组'！这样你就能参加啦！"

这时我发觉克里菲尔德爷爷说得对，和好之后友谊更坚固，至少和以前一样坚固。

我问："那'野兔四人组'要做什么呢？"

我们海鸥街其实已经有一个组合，叫"The Seven Cool

Kids[1]"，可惜没什么事做。有一次我们跟踪了一个人，以为是坏人，结果只是瓦赞先生而已。

海珂兴奋地说："拍视频！好不好？"

我问拿什么拍，海珂说她圣诞节收到一台数码相机可以用来拍，我们只要想想拍什么就好。

我想她提议拍视频可能只是想炫耀一下数码相机。我们海鸥街的孩子谁也没有，不过没关系，拍视频确实是个好主意。

海珂刚说要去拿相机，门铃就响了，弗丽茨站在门口，说悠儿又在烦人，老和她吵，她觉得很没劲，问能不能和我们玩。

1.The Seven Cool Kids：详见本套书第一册《海鸥街的孩子们》。

我说可以啊，来和我们一起玩吧，我们正准备拍视频呢，多个人手也好，不过她不能直接加入我们的组合。弗丽茨表示没关系。

这样我的房间就变挤了，本来就不大，现在又一下进来五个人！

我们不知道到底要拍什么视频。

蒂妮珂说："反正不能是爱情片！除非我死了！"

尹珂说："对，我也坚决不拍爱情片，我们不想跟别人亲来亲去，对吧？"边说边噘起嘴在空中亲着。

我大声说："才不想！恶心死了！"

弗丽茨说："我们可以找派特亚，那就有男的了。要亲嘴也要有男的吧。"她有时候真是笨！

我说："你是不是傻啊？"说完突然害怕起来，怕最后拍得很难为情。

海珂提议拍个侦探片，尹珂马上说："我可不要当杀人犯！"弗丽茨也说不要。夏天蚊子来叮她，她都不舍得打，也不忍心用吸尘器把蜘蛛吸走。

海珂说她愿意当，反正又不是真的，但她要拍摄，所以也不行。

我说："别老看我！我不要当杀人犯，也不要演尸体！"其他人也都说不要演尸体。

海珂气呼呼地问："那怎么拍侦探片啊？没有杀人犯也没有尸体，我阿尔滕堡的朋友可没有这么多不愿意，真是的！"

蒂妮珂一直想说什么，突然她喊到："我们可以拍一个动物片！"我们的组合叫"野兔四人组"（不包括弗丽茨，不过没关系），那拍一部关于兔子的影片很合适啊，主角都有了。"小白绒和小黑绒！"她说。

我们都觉得这主意很好，弗丽茨问是不是人都不用演了，她本来想试试当演员呢。

我大声说："当然要演！我们拍一部关于训练动物的片子，我们就是驯兽师，像马戏团一样！兰比也要演。"不然不公平。

蒂妮珂说可以，让它演吧，不过它不是兔子。我说马戏团里也没有兔子啊，反正都是假装。

大家都觉得有道理，于是蒂妮珂、海珂、尹珂跑去拿小黑绒和小白绒，我和弗丽茨去拿兰比。

克里菲尔德爷爷见我这么快又跑回他家院子很惊讶，说："哟，是不是有人又想吃美味的大理石蛋糕啦？"

我飞快地拿上兰比，对克里菲尔德爷爷说："谢谢不用啦，现在没空呢，要拍视频。"

克里菲尔德爷爷笑着说："哦，是吗？什么时候拍好？能给我看看吗？"

我大喊（已经回到家里了，只能用喊的）："我也不知道啊！"不过我想一定要拍得有趣，都有人要看了。

妈妈在厨房拦住我，盯着兰比说："这是要干什么？"因为兰比一直都放在院子里。

我说："我们要拍一个动物片，海珂有一个数码相机，小黑绒和小白绒也来演！"

妈妈说主意不错，不过这么多孩子，这么多小动物，最好去地下室拍，地方更大，有点儿灰也没关系。也可能我们的主角太兴奋，时不时就在哪里"方便"一下，在地下室也更容易清扫。

弗丽茨气鼓鼓地说："我才不会时不时就'方便'一下！我已经不尿裤子了！"她以为妈妈说的是我们。

妈妈笑了，忙说不是，是兰比、小白绒、小黑绒。它们确实是片子的主角，也很可能随地"方便"。

　　我也觉得在地下室拍比在我的房间拍好多了。地下室什么都有，说不定我们的"马戏团"能用上。旧盒子里有脏兮兮的毛绒玩具，塑料桶里有乐高积木（派特亚玩过传给我，我又传给茅斯，茅斯有时还玩呢），还有木制翻斗车，看起来像新的一样，因为我们都不喜欢，一点儿也不好玩儿，棕色木头做的，都没上颜色。我真不明白为什么大人总觉得这样的玩具好，我更喜欢塑料的。

　　派特亚的滑板也在地下室，还有我们的迷你蹦床，还有老早以前的五颜六色的积木，派特亚、我、茅斯还是小小孩儿时会玩那些，这下肯定有足够的东西来拍一个动物片。

拍　视　频

海珂拿来相机，还从蒂妮珂家抱来了小黑绒和小白绒。她说："真棒！这儿都可以建一个真正的兔子跑道了！"

我们用旧积木搭了一些桩，像电视上的障碍跑道一样。海珂说让小黑绒和小白绒绕着跑，就是兔子障碍赛跑。

蒂妮珂做好解说准备。弗丽茨气呼呼地问为什么是蒂妮珂来解说，蒂妮珂说因为兔子是她养的，然后就开始了："尊敬的女士们、先生们！现在您看到的是第一届海鸥街兔子障碍赛跑。世界上独一无二的比赛。参赛者有小黑绒……"蒂妮珂说到这儿想把小黑绒抱起来，对着镜头，但它正好从我们准备的玩具箱里跳出去了，正兴致勃勃地闻洗衣间的门呢。

蒂妮珂说："哎呀，糟糕！"海珂只好停下拍摄，不过她说这

段可以剪掉。

蒂妮珂说了四遍才过关，还得让弗丽茨按住小黑绒，我来按住小白绒，不让它们再跳出去。蒂妮珂大声说："请为我们的演员鼓掌！"弗丽茨和我一手抓兔脖子一手托屁股把它们举起来，拿兔子就该这样。我想到让它们绕桩跑可能很难，它们不知道在演戏，还以为自己仍旧是普通的兔子呢。

结果小黑绒和小白绒真的无论如何也不绕桩跑，一次也没成功，就算我去厨房切了点儿胡萝卜片放在桩与桩之间做诱饵也不行。它们很快把胡萝卜片吃了，但就是不绕着跑，胡萝卜都要用完了。

海珂说："哎呀！它们根本不会嘛！"

蒂妮珂说小黑绒和小白绒从来没经过训练，又怎么知道该做什么呢？它们从来没在电视上看过障碍赛跑，当然不知道怎么跑。

蒂妮珂说："我让它们做另一个动作。"然后就想把小黑绒和小白绒的右爪举起来放到脖子后面，左爪再搭上去，她看见沙鼠做过。

　　但也许小黑绒和小白绒不想做沙鼠做的事情，之前也不想做障碍赛运动员做的事情。海珂说："这两只兔子真是太笨了，恐怕永远都拍不成！"我觉得来做客的人这样说非常不礼貌。

　　她又问："那个豚鼠呢？能行吗？"

　　我说试试看吧。谨慎起见，还是不要夸口，毕竟我和兰比也没练习过什么。我正想用剩下的胡萝卜片把兰比引到我手上来（兰比更喜欢黄瓜，我都预感到引诱不会成功），楼梯上面的门开了，派特亚咚咚咚地跑下来。

　　他盯着海珂的相机说："哟！这是干什么呢？"

　　我们就告诉了他，他说他来拍比较好，他可是超级棒的摄影师。

　　海珂说："想都别想！妈妈不许我借给别人！"（我觉得这样说也很不礼貌。）

　　我觉得这也许只是借口，不过是个很好的借口，我得记下来，以后有人想和我借东西我又不想给的话，也可以这么说。

派特亚说："好吧好吧。你们在拍什么片子？"

我们告诉他是讲马戏团训练动物的，但小黑绒、小白绒、兰比一点儿兴趣都没有。

派特亚说："那是因为我不在啊！都是驯兽师的问题，好的驯兽师什么动物都能驯！"

蒂妮珂说："你是好的驯兽师？母鸡都要笑了！"她肯定还生气呢，因为小黑绒和小白绒一点儿本事也没有。

派特亚说："母鸡还是下蛋去吧！"然后问也没问就从我手里拿走兰比，说自己当然是世界上最好的驯兽师，他的兰博也是世界上最棒的马戏团动物。说得好像兰比是他一个人的一样！

他从架子上拿下旧滑板，从包装材料箱里取出一根蓝色的带子（圣诞节，茅斯的海盗船礼物上扎着的），然后用带子在滑板前打了一个结，把兰比放在滑板上，拉着在地下室到处跑。

兰比真的乖乖坐在滑板上！兴奋地稍稍抬起鼻子到处闻，胡子一抖一抖，但没有跳下来。

派特亚大喊："鼓掌！鼓掌！兰博007，坐着喷气滑板的豚鼠侠！"

是不是很傻？兰比才不是什么豚鼠侠，那个滑板也不是喷气滑板，世界上根本没有喷气滑板这种东西。

但海珂都拍下来了，说效果特别棒，镜头靠得很近，都能看见兰比的胡子被风吹动。其实根本不是风吹的！它只是因为兴奋一直闻来闻去。

派特亚又说还知道一个更棒的招儿，然后从妈妈的储物架上拿了一个豆汤罐头，横放在地上，再把滑板放上去，就变成了跷跷板。他把兰比放在一头，但它受够了，再也不想当什么厉害的豚鼠侠，更不想当马戏团的动物。它直接从板上跳了下去，留下派特亚和他的罐头跷跷板。

他对着镜头说："呀，女士们，兰博007要去别的地方战斗，只好先告辞了！请您理解，您是最棒的观众！"还抛了个媚眼，不过他不会抛，只能两只眼睛同时眨，看起来就像眨眼娃娃一样。

海珂说："好吧，至少拍了一点儿。"她说下午把不好的都删掉，只留好看的。

蒂妮珂问："是不是只留派特亚？我们呢？"

"当然只留我！"派特亚边说边挥着两个拳头，像足球运动员进了球一样，"行家一出手，便知有没有！"

还好海珂说要和我们几个女生再拍一个，她和她阿尔滕堡的朋友拍过。

我害怕派特亚又要来瞎掺和，他总想指挥别人。但他说要走了，去看看他哥们儿文森特忙什么呢，没有他女士们只能自己想办法了。

没有他更好，幸亏男生干什么都没毅力。

演 电 视

海珂说和阿尔滕堡的朋友们模仿过电视节目，她告诉我们怎么做。

演电视要先化妆，这样才像真的一样。妈妈把旧旅行化妆包给了我，里面有三种颜色的口红、十二色眼影、两色眼线笔、粉底，唇刷、眼影刷、粉扑。

我们互相化妆（我和蒂妮珂，弗丽茨和尹珂，海珂就不用啦，她要拍摄），看起来和电视上几乎一样。海珂说一个人当新闻女主播，一个人当天气预报员，另外两个人可以演一个竞猜节目。

我们都想演竞猜节目，没人想播新闻，所以得先掷骰子决定，谁掷到的点数大谁先选，点数小的人只能拣剩下的。幸好我们家把所有桌游都存在地下室架子上，我从《二十个趣味家庭游戏》的盒子里拿了两个骰子。

我心想千万别掷到最小，结果运气还不错。蒂妮珂只掷到了两个一，尹珂掷到了一个二和一个三，所以尹珂播天气预报，蒂妮珂只能当女主播，不过她也没怎么抱怨。我说她肯定行，对好朋友就应该多鼓励。

我们先拍蒂妮珂，电视总是先播新闻，再播天气预报，然后是竞猜。

海珂对蒂妮珂说："我说'开始'，你就开始。开始！"

蒂妮珂深吸一口气，说："尊敬的女士们、先生们，下午好！现在是德国电视台新闻播报节目。布克斯特胡德发生了银行抢劫，一名男子袭击了银行，但已被警方抓获。印度爆发洪水，水势凶猛。德国总理会见了另一国的领导人，在……"她快速碰碰我，小声说"在哪儿会见来着，塔拉？"我小声告诉她："在柏林[1]！"蒂妮珂就对着镜头说，在柏林会见，谈了许多重要的事情，但现在还不能说出来。蒂妮珂接着说："今天的新闻就到这里，现在我们来关注下明天的天气。"

新闻好短啊，而且蒂妮珂中间还问我，海珂说那部分要剪掉，不过我还是觉得蒂妮珂做得不错，真正的新闻里就总是说总理啊、洪水啊之类的事情。

尹珂播天气预报的时候明显有点儿紧张，她说："女士们、先生们，下午好！明天，德国有的地方天气很糟，有的地方天气很好。巴伐利亚有雪，七度；慕尼黑有雨，两度。明天还可能发生地震，但到底在什么地方现在还说不准，也许在叙尔特岛。杜塞尔多夫[2]刚刚发生严重的洪涝灾害，水位很高。现在我们继续来看新闻。"

1. 柏林：德国首都。
2. 巴伐利亚、慕尼黑、叙尔特岛、杜塞尔多夫：德国地名。

海珂关了相机："真不错！"

尹珂有点儿喘，我觉得她说杜塞尔多夫发洪水也是模仿蒂妮珂说的印度洪水，不过天气预报说得通，所以就没说什么。

该竞猜节目了，我们又掷骰子来决定谁当出题人，谁当选手。当选手更难，要回答问题，我和弗丽茨都想当出题人，但我掷到了两个五，她掷到了一个三和一个一，弗丽茨只能当选手了。

我们坐到旧蓝色沙发上，我从工具架上把那个很贵的小手电筒够了下来，这是妈妈在爸爸上个生日时送给他的，我用来装作麦克风，竞猜节目得有麦克风看起来才真。

我先说了老套的"女士们、先生们，下午好！"，然后又想到一句"现场的各位观众，下午好！"，我觉得听起来很真实，"欢迎来到我们的竞猜节目《谁是赢家》。马上来看第一位选手，叫……您怎么称呼？"我问弗丽茨，不能用真名，演节目嘛，但一时又想不起好名字。

弗丽茨说："我叫……"我把手电筒递到她面前，她看起来很迷糊，不习惯的样子。

蒂妮珂小声说："这位选手连自己叫什么都不知道啊！肯定懂得不多！"

我说："请安静，不然就要请这位观众出去了！这位选手叫玫瑰，对不对？"我觉得很有意思，像真正录节目一样。

弗丽茨点点头，还是一脸迷糊的样子，小声说："对。"

我问："那您住在哪里，玫瑰女士？"

弗丽茨低声说："我住在海鸥街。"这不对吧，演戏都不说真的啊，但我也没办法。

我说："啊，在美丽的海鸥街啊，世界闻名！您多大了，玫瑰女士？"我老是想着该把手电筒对着自己还是对着弗丽茨，真是有点儿难，不过摆错了也没什么，又不是真的麦克风。

弗丽茨小声说："八岁。"这回真的不行，必须是成人才能参加竞猜，弗丽茨没演好。

我马上说："啊，您是说七十七岁吗，玫瑰女士？那您身体不错啊！"还冲着摄像机微笑了一下。

弗丽茨点点头，我说得越来越顺："好的，那能告诉我们您最喜爱的动物是什么吗？"

弗丽茨一直点头，什么都说不出来，我把手电筒递到她嘴巴底下，小声说："说啊！"她就深吸一口气，用颤抖的声音说："狗！"

我说："狗，哈哈，非常棒！现在我们让电视机前的观众也参与一下，真让人兴奋。我们会在节目中提问，电视机前的观众，请您打电话回答，每次通话会从话费中扣除五欧元。"

我很自豪能想到这些，之后在片子里看起来肯定很棒。

"亲爱的玫瑰女士，从现在开始，回答问题请只说一半答案，让现场观众猜另一半，猜中的奖品是一趟马尔代夫之旅。"

弗丽茨看起来还是一脸迷糊，小声问："啊？"我已经说得很清楚了吧。

我又解释说："比如，您要说'玫瑰'，您就只说'玫'，明白了吧，玫瑰女士。"

弗丽茨看起来莫名其妙的样子："为什么要说'玫瑰'，塔拉？这是答案吗？"

蒂妮珂大声说："天啊，这个选手太笨了！"我让海珂之后把这些剪掉，海珂说好。我又对弗丽茨说，等一下就懂了。

"好的，亲爱的观众，大家一起来！您最喜欢的饮料是什么，玫瑰小姐？但只说一个字哦！"

弗丽茨怯生生地说："玫？"蒂妮珂喊了一声："天啊，不是吧！"还用双手捂住脸。我说玫瑰不是饮料。

这下弗丽茨终于懂了，说："气！"我想应该是汽水吧。

我说："电视机前的观众，你们的机会来了！打电话竞猜吧，话费五欧元。现在我们先问问现场的观众。"我走向蒂妮珂，把手电筒对着她，她激动地喊："汽水！"

弗丽茨说不对，是气泡水，蒂妮珂没有赢得马尔代夫之旅。

我又问弗丽茨："那您最爱的花呢，玫瑰小姐？"

弗丽茨大胆地说："雪！"

我问："'雪'？确定吗？"

弗丽茨很高兴地说："确定！"

蒂妮珂喊："雪花不是花！选手老出错，一点儿都不好玩！"

我正想着是应该让观众安静还是让选手再说一遍，海珂就说，拍不了啦，摄像机没电了。

我说："真可惜！"其实心里觉得拍不了也挺好，当竞猜主持人比想象中的累多了。拍的片子要不要给克里菲尔德爷爷看呢？我们还是再想想吧。

海珂和尹珂要回尹珂家。尹珂说两天后再见，她明天不来上学，她妈妈过生日，在高级餐厅吃早午餐，还特意给她买了新衣服，石特林老师准她请假。

我和蒂妮珂祝她玩得开心，我觉得我不会真的想她，和她又不熟，也不是好朋友。尹珂倒是问了我好几次，放学之后能不能一起做点儿什么，这可从来没有过。

蒂妮珂帮我清理了地下室（其实只需要把一点点兔子屎和豚鼠屎打扫干净，小黑绒、小白绒、兰比表现得都很好），然后她带着小黑绒和小白绒回家了。我得写作业了。

我在客厅遇到妈妈，她问我视频拍得怎么样，我说拍得很好，只是弗丽茨不是个好选手，什么都说错。

我说："她说最喜欢的花以'雪'开头。雪花又不是花！"

"雪莲花？"妈妈问。

看来弗丽茨并不笨啊！我总认为二年级的啥都不懂，这不对。

我从书包里拿出数学作业本准备写作业，你猜我发现了什么？那张画着可爱粉色小龙，字写得歪歪扭扭的情人节贺卡！我早上特意放在书包里带到学校去的。幸亏发现了，不然在书桌里找再久也找不到啊。

我的记性像个筛子似的，千疮百孔，什么也记不住，这说明我老了吗？克里菲尔德爷爷总说人老得快着呢，不知不觉就老了，但我想自己只是健忘而已，还好还好。那张贺卡就留在书包里吧，反正明天也得查查到底是谁写的。

一想到明天我就很高兴，大部分时候都会开心。

7

调查神秘贺卡

第二天一早，蒂妮珂来约我上学，戴着我也有套一样的帽子和围巾。我在圣尼古拉节[1]时收到了和她一样的条纹帽子，圣诞节前又收到了和她一样的条纹围巾。她没有生气，没有说我模仿她，反而很高兴。我们在冬天里看起来就像双胞胎一样，真是最好的朋友。

可惜我的条纹帽子拿去洗了，妈妈说帽子也要时不时洗一下，我可不是脏鬼，也不想生虱子。妈妈给我戴上粉色的旧帽子，侧面织着一朵棕色的花（虽然我都这么大了，不适合再戴粉帽子，但条纹帽子在洗，也只好这样）。她问我和蒂妮珂有没有听到今天的新闻说什么。

1.圣尼古拉节：每年的十二月六日，是一个基督教节日。圣尼古拉也就是传说中的圣诞老人。圣尼古拉节是瑞士、德国、法国等国家早期风俗上的圣诞节。

当然没有，我又不经常听新闻，蒂妮珂也不听。

妈妈说今天值得一听，新闻里说湖上的冰已冻牢，市区的大湖上建了各种小屋，卖热红酒的、卖烤肉的、卖香肠的，等等。

妈妈说："那么大的湖都冻牢了，那我们蓄雨水的小池子肯定也冻牢了，你们说是不是？"

我和蒂妮珂听到都喊了一声："棒！"因为这表示我们下午可以去池子上溜冰了，我们还从来没在海鸥街溜过冰呢。我从来没在大自然中溜过冰，只在室内溜冰场溜过，我们之前住的地方没有水池，不过在室内溜也很好玩。

妈妈说："你们和石特林老师说一声，少布置点儿作业，都到了可以溜冰的时候啦！"

我和蒂妮珂觉得不可能，石特林老师当然是世界上最好的老师，也会做许多好事，尤其是为了非洲的贫困儿童，但从来不会少留作业。圣诞节之前，就算我们全班要去养老院给老人唱圣诞歌，她也没少留作业！

我对蒂妮珂说："肯定还有作业，赌不赌？"

蒂妮珂说："当然有，因为是石特林老师啊！"

我真想不通，她那么好，都可以叫"奈特老师[1]"，却总给我们留作业。她肯定认为对我们有好处吧（我们可不这么认为）。

琪琪已经在校门口等着我和蒂妮珂了。

她说："你们这两个糊涂虫，知道我们昨天忘了什么吗？忘了调查贺卡啦！"

我说对啊，一直想着溜冰，差点儿今天又忘得一干二净，幸亏她提醒我。她说得赶快搞清楚是哪个男生给我写了情书，不然都快复活节了还没弄清情人节的事儿。

我觉得她说得很对。

于是我们紧紧围成一圈，不让别人看见。我从书包里拿出那张可爱的贺卡，大家仔细研究着上面的字迹。

琪琪问："看好了吧？记住了吗？"

大家说记住了，我又把贺卡放回书包里。放的正是时候，因为阿德里安跑过来问我们在做什么，为什么这么奇怪地站着，一动不动地在看什么呢。

我说："没什么！不关你的事！"

我突然想到，说不定是阿德里安给我写的，那可不好！或者是

1.奈特老师：奈特在德语中的意思为"好的、善良的"。

班上其他"笨蛋"，我看着这可爱的小龙突然高兴不起来了。

我觉得不是他们。

第一节是我很喜欢的地理课，我们要在一张石勒苏益格－荷尔斯泰因州[1]的地图上画出各个城市的正确位置，还要写上名字。可不容易呢，地图上只画了河流，一定要仔细才行，不过很有意思，就像做手工一样，我可喜欢做手工了。

中间我到讲台上去问石特林老师有水的地方要不要画成蓝色。我故意走得很慢，经过男生时看看他们的本子，看他们写的字是什么样，结果没一个像贺卡上的字（幸好）。从讲台回座位的时候，我还特意绕了一下路，先往另一个方向走，这样就可以看到克里斯蒂安、格克汗、亚历克斯的字，但他们的字也不是。石特林老师问我为什么今天早上在教室里走来走去，我说只是有点儿迷路了。

大家都笑了，人不会在教室里迷路啊，不过不是嘲笑，我们班的人不会嘲笑别人，所以我也不介意，大家只是觉得我在开玩笑。石特林老师也没有责备我，她说："希望你现在找到路了，塔拉，我看你还有些城市没画呢。要不你先把沿河的画出来，这样简单一些。"

我点点头。

蒂妮珂在旁边碰碰我，小声问："找到没有？"我只能摇摇头，也小声说："我觉得不是我们班的男生！"

---

1. 石勒苏益格－荷尔斯泰因州：德国最北的州。

课间休息时我告诉了琪琪和卡罗琳，她们说不对，肯定是我们班男生中的一个，说要帮着一起找。可惜课间休息时我们不能待在教室里，不然就可以把所有本子都拿来看看，她们只能在上课时找，好难啊。

上语文课时琪琪去了三次厕所，每次都绕着走，经过所有男生旁边看他们写的字。卡罗琳也是，之后蒂妮珂也借口上厕所在教室里走来走去。

石特林老师直摇头："真不知道怎么回事！老师也不是什么都知道。如果还有人要上三次厕所，那班上肯定爆发了奇怪的新疾病，让人尿急，还走来走去！"

阿德里安喊，真棒，不用上学了。石特林老师说尿急没那么严重，可以上学，就是要像三个女生那样不停跑厕所。

就这么随随便便地说尿急，我觉得有点儿难为情，又不是喉咙痛、流鼻血，尿急很让人害羞啊。就像"内裤"一样，不过比"内裤"好一点儿，可石特林老师一点儿都不觉得。

歪歪扭扭的字是谁写的，好难查！我没想到这么难，蒂妮珂说她也没想到，而且她现在更好奇我的"秘密情人"到底是谁，如果不是我们班的人，那就只可能是四年级[1]的某个人了。

1.四年级：德国有些地方小学很小，每个年级只有一个班。德国小学一般只设置一至四年级，五年级以上为初中。

我觉得二年级也有可能，甚至一年级也有可能，都没查过，不过我没说出来。因为觉得三年级的人收到一年级送的情书也太尴尬了。

琪琪说有办法，下个大课间就偷偷溜进四年级的教室，趁人不在把所有本子都好好翻一遍。她说："肯定是他们中的一个，赌不赌？"

蒂妮珂问："怎么溜进去啊？课间休息的时候教室都会锁门啊！"

四年级

琪琪说有时候老师会忘，试试看呗，如果真想揭开这个秘密。

我们当然想。

结果下一节数学课（复习乘法）我完全不能集中精力，老想着偷偷溜进别的班被老师抓到会怎样。不过又想到电影里的孩子干了许多比这更大胆的事呢，比如偷偷溜进坏人家里。于是也就敢溜进四年级的教室了。

课间休息的时候，我们轻轻跑过走廊，上楼梯到三层，发现四年级教室的门根本没锁，只是带上了。真走运！

我的心咚咚咚狂跳，之后蒂妮珂说她的心也狂跳不止。琪琪大胆地把门推开一点儿，小心地瞥了一眼两边，然后转头对我们小声说："没人，上吧！"

于是我们四个就轻手轻脚地进了教室，我检查前面的桌子，蒂妮珂负责窗边的，琪琪负责靠墙的，卡罗琳负责后面挨着活动区的。四张大桌子，正好我们四人一人一张，也挺走运。

我几乎把那张桌子的所有本子都看了一遍，就差一个座位还没看（不过一看就知道是个女生的座位，很整洁，笔袋是粉红色的，上面还有可爱的小伞），这时突然有人喊："这些女生来这儿干什么？"

我差点儿被吓死，蒂妮珂叫了出来，那么大声，我觉得教师办公室都能听到，教导主任或校长马上就会跑来看是不是谁的手指被夹到了，听起来就像有人受伤在惨叫一样。

一个低沉的声音说："被我们抓到啦！你们在这里干什么？"

我小心地看了一眼门口，那里站着两个男生，一个手上拿着湿漉漉的海绵，另一个拿着一盒新粉笔。我们这才明白，他们要擦黑板，所以没锁门。尽管这样也应该小心，把门锁上。

我说："我们要……"但不知道怎么接下去，真希望这两个人不要告发我们。

其中一个男生叫安东，足球踢得很好，我认识他，因为他就住卡罗琳家旁边。另一个男生我不认识，应该是新来的，看起来很帅，抹着发蜡，穿着运动衫，很有活力，鞋子也很酷。我想，如果写情书给我的人是他，那倒也不坏。

"怎么说？"安东上前一步，好像要堵着我们不让我们出教室一样，"你们怎么解释？"

我说："蒂妮珂的运动背包不见了，我们来找找。"

那个嗓音低沉的男生说："你们觉得是我们班的人偷拿了？怎么可能！"

蒂妮珂大声说："不小心拿错了呗！"

安东看着我们好像我们脑子有问题似的，又问："那为什么拿着我们的本子看来看去？我看见了！里面可没有运动背包！"

我心里狂喊"救命啊"，他可能会去告诉校长（还好校长和教导主任都没上来），然后校长就会叫家长，告诉爸爸妈妈——你们的女儿违反校规，课间休息时去别的班级偷看作业本。爸爸妈妈一定会大吃一惊，他们不喜欢接到校长的电话，派特亚的校长一打电话他们就不高兴。

我们又不能说其实是在调查谁写了情书，谈恋爱太让人难为情。

"怎么说？"这个安东继续质问我们，又凶巴巴地上前一步，"老实交代，不然有你们好看！"

这时卡罗琳上前说："别逞强了，安东！谁怕谁啊？你没把门锁好，你也有不对！你不让我们走，我就告诉妈妈前天谁往我们家信箱里扔鞭炮。"

安东说不是他，而且卡罗琳也没法证明。

不过他后退了一步，我们抓住机会跑出了教室。

卡罗琳回头说："用指纹证明啊！服气了吧？"

安东没话说，另一个男生一脸迷惑的样子，不过还是很帅。要是知道他坐哪个座位就好了，也许还能再仔细看看他的本子。

安东在我们身后冲我们嚷："走吧，走吧！傻女生！"

是不是很走运？刚好他是卡罗琳的邻居，不然她也不会知道往信箱里扔鞭炮的事！那我们就不能威胁他了。

蒂妮珂说："唉，塔拉，希望喜欢你的人不是他！"

卡罗琳说肯定不是，让我放心好了，安东的字她看过一千遍，和贺卡上的不一样，但她那桌也没发现类似的笔迹。

琪琪和蒂妮珂在她们桌上也没找到类似的，我也没有。

琪琪问："怎么回事？那贺卡肯定是我们学校的人送的啊！"

课间休息都结束了，谜还是没解开，我却似乎轻松了一些。真找出喜欢我的人，文森特怎么办啊？

8

溜冰去啦

放学之后我就开始做作业，妈妈总说先工作再享乐，我写完数学作业就可以去溜冰了。作业很简单，乘法加一点点除法，除法比乘法难，不过我都会。

蒂妮珂已经知道要去溜冰，弗丽茨和悠儿还得我跟她们说一下。午饭时派特亚说："酷啊，溜冰不错。我也要去。"于是我猜文森特和劳林也会一起。

我得先看看溜冰鞋还合不合适，脚总是长得那么快，还好还能穿。去年这鞋太大，我得套三双袜子，鞋才跟脚。今年都有一点点挤脚了，脚趾头得稍稍弯一点儿。妈妈说这不利于脚健康生长，但一年就溜冰时穿一小会儿也不会有什么事，为了我们的钱包，溜冰鞋一定要用至少两年。

　　我正拿湿布擦鞋，想要不要上点儿油，这样在冰面上更好看，派特亚就从地下室的楼梯冲了上来，他的鞋子已经穿不了了。

　　他喊："烂货！什么破玩意儿！"

　　妈妈让他不要这样说话，派特亚说就是烂货破玩意儿，穿不进去，都卡住了。

　　确实，我的鞋只是有一点点挤，但派特亚的鞋完全穿不了，那他就不能一起溜冰了。我理解他为什么这么生气。

"破烂货！破烂货！"他一边嚷一边拿着鞋带甩着一只溜冰鞋，好像要扔出去一样，只是没松手，"烂货！"

妈妈很生气，说她受够了这些话，派特亚要想到弟弟以他为榜样总是学他，他要以身作则。

茅斯问："我要学派特亚吗？我也要一直说'烂货，破玩意儿'吗？"

茅斯笑得直不起腰来，借机会说了这些词他非常开心。妈妈也不能训他，只能训派特亚。

妈妈严肃地说："不行，你不能这样说话，茅斯，因为你是一个有礼貌有教养的好孩子！但这个少年需要管教一下了。"但又叹了口气说："还是先想想办法吧！派特亚，和我一起来地下室一下，也许有办法。"

我和茅斯也跟着下去了。妈妈从体育用品架上取下她和爸爸的溜冰鞋。爸爸穿 46 码，对派特亚来说太大，不过妈妈穿 41 码，她说应该合适，如果派特亚保证从现在起好好说话，就给他穿。

派特亚大喊："不要！我才不要穿女式鞋子！"

"好吧，那就帮不了你了！"妈妈边说边准备上去，"就是个提议而已。"

我以为派特亚又要气得骂骂咧咧，但他没有，他看看妈妈的鞋，又看看自己的旧鞋，叹了口气。他原来的鞋黑红相间，很酷，妈妈的鞋全白，很漂亮，女生穿的那种。

派特亚说："唉，管他呢！试就试一下吧。"

他穿上妈妈的鞋，大小正好[1]。茅斯一直在旁边蹦来蹦去，喊："破烂货！破烂货！还说不说啦？派特亚，还说不说？"

派特亚说："说啊！什么流行说什么！"

他穿着妈妈的鞋走了几步，在地下室穿溜冰鞋走路很滑稽。他点点头说："牛！最潮新款！明年冬天男士人手一双！"

我想，幸亏妈妈没看到他摇头晃脑的样子，不然可能就不给他这双溜冰鞋了。我没去告状，茅斯一直"砰、啪"地边踢边嚷，也没看派特亚。

我打电话告诉弗丽茨和悠儿马上去溜冰，然后还告诉了蒂妮珂。派特亚现在还不能去，妈妈说他把英语和数学作业写完才能去，越快写完越早去，他自然又是一通抱怨，不过没有骂骂咧咧。

我、蒂妮珂、弗丽茨、悠儿来到蓄水池边，一个人都没有，琪琪和卡罗琳还没来。这池子是用来蓄雨水的，但看起来和普通的小池塘没什么区别，池边有一些灌木丛。

后来我问了克里菲尔德爷爷，他说这不是自然形成的池塘，而是人工修建的，挖在新建住宅区旁边，下大雨时下水道就不会漫水。其实我没太懂，但还是很高兴，有了它，我们现在才有地方滑冰啊。

1.大小正好：欧洲人的脚普遍偏大。

　　我们赶紧穿溜冰鞋，但为了穿鞋就得在冰冷的地上坐一下下。冬天，尤其二月，实在不适合坐地上。蒂妮珂说："哎呀，可千万别得尿急症啊！"

　　我说："走来走去尿急症！"

　　弗丽茨和悠儿不明白我和蒂妮珂在说什么，也不知道我们为什么笑得这么开心，连溜冰鞋都穿不上了，我们就告诉了她们前因后果。

　　悠儿帮弗丽茨穿鞋，说那是她三年前穿的鞋子，现在嫌小，弗丽茨穿正好（一家有好几个孩子真是方便，什么都能重复利用，节省多了，茅斯就总穿我和派特亚穿过的睡衣，尽管裤子上的松紧带都不紧了，不过他也习惯了）。

　　悠儿穿的是她妈妈的溜冰鞋，因为她自己的已经太小了。

　　我大声说："这么巧？派特亚穿的也是妈妈的！"我最喜欢巧合。

　　悠儿说不可能，他肯定不会穿女鞋。我说怎么不会，他都穿了，说是新潮流。

　　开始，我们先围成一个圈在池塘上溜，习惯了冰鞋之后就开始自己溜，想象自己是电视上穿着漂亮衣服的花样滑冰选手。

　　这太难了！我们先原地旋转，看起来要很优雅才行，这还算简单。然后又试着跳跃（悠儿说花样滑冰一定要有跳跃），这就不那么简单了，不仅要跳起来，像跳高那样尽量高，像跳远那样尽量远，还要在空中转圈，我们都做不好。

悠儿最厉害，这也不奇怪，她比我们大两岁呢，多两年时间练习。

悠儿喊："让开点儿，小心别撞到，我要做个阿克塞尔跳[1]！"然后就跳了起来，真的在空中小小地转动了一下，落地也没摔倒，膝盖弯曲，双手伸开，看起来几乎就和电视上一样。

但弗丽茨还是挑剔地说："这不是阿克塞尔跳，就是个路兹跳[2]，差得远呢！"

她们家总是一起看花样滑冰，所以弗丽茨懂这些。

我们家不看，所以我分不出来，而且我也不知道为什么这些跳

1.阿克塞尔跳：花样滑冰与花样轮滑运动六种跳跃中的一种，又称前外点冰跳，它由挪威选手阿克塞尔·保尔森（Axel Paulsen）在1882年首次完成，因而得名。

2.路兹跳：也称勾手跳或一周半跳跃。

都用男生的名字命名，我觉得很傻。

我说："现在我要做一个塔拉两周跳！"然后也很优雅地向空中跳去，落下时两手伸开，就像悠儿那样，可惜没站稳，一屁股坐在了地上。还好摔得不疼。

"噢，塔拉两周跳是屁股先着地吗？"悠儿问着又跳起优雅的阿克塞尔跳，其实只是路兹跳而已，"哎，以后这跳法肯定全世界都知道了！"

我之前说过，现在的她有时候真讨厌。

59

打 冰 球

蒂妮珂也帮我掸着毛衣背后，拍掉摔的痕迹。我正想说悠儿不要总这么讨厌，就听见派特亚的声音，他和文森特、劳林穿过树丛走了过来。（我摔倒时蒂妮珂一点儿也没有笑话我，她说这才能看得出是最好的朋友。）

派特亚说："哈啰哈啰！这是女子世锦赛吧（他说的是悠儿优雅的跳跃）？请让一让，女子世锦赛的选手！这里马上要进行激烈的战斗！"

我这才看见男生们都拿着冰球杆，平时他们把棒球场当冰球场玩，现在终于有了真正的冰球场了。

但他们得先坐地上穿溜冰鞋。我小声对蒂妮珂说，现在这三个男生肯定也都要得"走来走去尿急症"，蒂妮珂也小声说："那他们就打不了冰球啦，只会在冰上走来走去。"一边说一边抬腿摆手，雄赳赳气昂昂，好像士兵在踏步走一样。

"走来走去尿急症！"弗丽茨边说边哈哈大笑。悠儿还在优雅地旋转、跳跃，肯定想炫耀一下，但男生们完全没看她，只看我们。

派特亚问："弗丽茨你怎么笑成这样？不喜欢我最潮、最高级的'电子'溜冰鞋吗？这是未来的潮流！"

原来他以为我们在笑他穿着妈妈的溜冰鞋。还好他没听到什么"走来走去尿急症"，不然肯定要暴跳如雷。

"就是，潮爆！"文森特边说边看着派特亚的脚。他和劳林当然穿着最新潮的溜冰鞋。劳林的鞋是带卡扣的，很方便。他们的爸爸那么有钱，总给他们买好东西，他们不用紧着一双鞋穿——这个冬天套三双袜子，下个冬天又挤脚。"派特亚那个可是'电子的'，不仅可以溜冰，还能上网、拍照、打电话！"

弗丽茨问："这么厉害？派特亚，真的可以吗？"我觉得茅斯这样问还可以理解，但已经上二年级的人还这么问真让人难为情，不过至少派特亚不担心别人笑话他了。

"当然可以！"他边说边一个箭步跳到冰上，就像冰球运动员一样，但差点儿像我刚才那样摔个屁股蹲儿，他高兴地喊："还有自带屁股着地系统，未来才有的玩意儿！"（他总是这套言论。）

然后男生们就开始打冰球，我们没地方滑冰了，冰球总是打到冰刀上，让人根本不敢做动作。

　　我还是玩冰球吧，文森特和劳林把旧球杆带来了，所以多两根。

　　后来我问文森特为什么他们两每人都有两根冰球杆，他说他爸爸完全忘了他们已经有冰球杆，还是送了他们新的冰球杆和滑冰鞋。他们的爸爸真好，总送他们那么多东西，但还是我爸爸更好，很清楚我有什么东西，可以看出他很爱我。不过这我当然没有和文森特说，我不想让他伤心。

　　现在多两根冰球杆也好，我拿一根，蒂妮珂拿一根。弗丽茨也喊着要玩，但没有冰球杆给她，只能让她守门。派特亚说这样更好，弗丽茨就不用老害怕不小心被球杆打到脑袋了。

　　我们正要分组，悠儿过来说她也要参加（我觉得就是因为现在没人再夸她的阿克塞尔跳和路兹跳），这样的话一共七个人，四女三男，是单数，不能分成人数相等的两组。单数不能被二整除，双

数才能被二整除，连一年级的小朋友都知道。而且也没有冰球杆给悠儿啊。

派特亚说没事，反正弗丽茨和劳林都只能算半个人，加起来才算一个人，他和文森特带他们俩一队，算三个人，蒂妮珂、悠儿、我一队，也是三个人，这样就公平了。

我不知道是不是真的公平，反正现在两队是：

女生队，蒂妮珂、我、悠儿（守门）；

男生队（带半个女生），文森特、派特亚、劳林、弗丽茨（守门）。

冰球杆也正好够，悠儿问守门没有球杆怎么挡球（我们用的不是真正的冰球而是棒球），文森特说动动脑筋啊，用脚也可以挡。

然后我们就开始了，真的很好玩。也许我和蒂妮珂打得没有派特亚、文森特、劳林好，因为我们没怎么在球场上练过，但男生队的守门员弗丽茨实在太差劲了，我们打过去的球她一个也没挡住。每当球飞过去，弗丽茨就大喊大叫地从门里跑出来（我们在冰上插了两根小棍子当球门）。

派特亚大喊："哎，彻底失败！弗丽茨你跑什么跑？"

弗丽茨说，被球狠狠打在腿上、肚子上肯定很疼，她可不要，不玩了。

派特亚说那就别玩了，他们队两个半人也够，反正劳林守门肯定比弗丽茨强一千倍。这时树丛中一阵唰唰作响，你猜谁来了？我以为是琪琪或卡罗琳，但不是，是克里菲尔德爷爷奶奶！

冰上小旋风

克里菲尔德爷爷说："大家好啊！老伴儿，快点儿！我说得对吧，孩子们都在这儿呢！"

他说之前看到最喜欢的四个女孩儿拿着溜冰鞋出去了，不一会儿又看到最喜欢的三个男孩儿也去了（不知道茅斯是不是他最喜欢的男孩儿之一，希望是），就知道我们要干什么。

他问："不介意我和我家'领导'加入吧？"他家领导就是克里菲尔德奶奶，他总这么叫她，克里菲尔德爷爷就喜欢说笑。

我们都说不介意，完全不介意。我以为他说的加入，就是在岸上给我们加油，没想到克里菲尔德爷爷打开他的老式背包，从里面拿出一样东西，你猜是什么？一双男式溜冰鞋！很旧，很过时了，但冰刀还像新的一样闪亮，一点儿都没有生锈。

"好，那我们就来了！"克里菲尔德爷爷边说边扶着克里菲尔德奶奶的肩膀穿上溜冰鞋，这样就不用坐在冷冰冰的地上，"看看我这把老骨头还行不行！"

我很惊讶，因为我觉得溜冰没那么简单，肯定不适合老年人，他说不定会摔倒，摔断腿，老年人很容易发生这种事。

但克里菲尔德爷爷滑得非常好！步子很大，在冰上绕了一圈又一圈，上身前倾，双手背在身后，像速度滑冰运动员，男生们都看着他。

我大声说："克里菲尔德爷爷真厉害！滑得真棒！"

克里菲尔德爷爷说不算什么，毕竟学了那么多年，他的溜冰鞋比我们的岁数都大，真可以说是古董，年轻时每年冬天河流湖泊都会上冻，孩子们就跑到冰上去玩。

克里菲尔德爷爷说："不过那时候我没有溜冰鞋，那么贵的东西买不起。"他告诉我们，年轻时挣到第一笔钱就马上去买了这双溜冰鞋，但克里菲尔德奶奶不喜欢溜冰，觉得太危险。

我说："不危险，克里菲尔德奶奶！你看我！"然后旋转了一下，还做了个塔拉两周跳，这次没摔倒。

克里菲尔德奶奶说："了不起！"蒂妮珂、弗丽茨、悠儿也做了花样滑冰的动作。克里菲尔德奶奶说，真棒，还是我们有个幸福的童年，他们以前就在鞋底下绑个棍子在冰上滑，但很容易掉，我们幸福多了。

克里菲尔德奶奶说："好孩子就该有幸福的童年！"

我一直很喜欢听克里菲尔德爷爷奶奶讲过去的事，但有时候听了也有点儿伤心，因为他们以前过得那么苦。这时克里菲尔德爷爷就会说别伤心，他们一点儿都不觉得苦，但我还是不敢相信要踩着小棍子当溜冰鞋。

幸好现在克里菲尔德爷爷有真正的溜冰鞋。他能像悠儿一样旋转，还要和我们一起打冰球，有他参加肯定更好玩。他说如果可以，他要加入女子队，没数错的话，那边差一个人。而且他最喜欢和女士们在一起，说着还向克里菲尔德奶奶眨了下眼睛，克里菲尔德奶奶用手指戳了他一下，但没有真使劲。

弗丽茨说："我们还不是女士，只是女孩子，克里菲尔德爷爷！"

尽管她在男生队。

"收音机前的听众，现在上场的是冰上小旋风克里菲尔德！"克里菲尔德爷爷一边说一边想从派特亚和文森特中间挤过去，他没有球杆，说改规则用脚踢，"小旋风克里菲尔德进攻，对方慌了！"

情况根本不是这样，派特亚和文森特嗖的一下闪过了克里菲尔德爷爷，飞快地把球打进了我们的大门，悠儿根本挡不住。

克里菲尔德爷爷说："观众大失所望！冰上小旋风这是怎么了？"好像自己不仅是个冰球运动员，还是个解说员，"他的战斗精神到哪里去了？他是不是已经生锈了？小旋风克里菲尔德不再是德国最好的冰球运动员了吗？"

这时，克里菲尔德奶奶在岸边说，看起来确实如此，不过她的柠檬蜂蜜热果茶可仍旧是德国最好的哦，还有饼干，想吃现在就可以来拿。

太棒了！克里菲尔德奶奶不喜欢滑冰倒成了好事，不然我们现在就没吃的也没喝的。她带了一个篮子来，里面有三个热水壶（克里菲尔德奶奶说，自从住进海鸥街就需要许多热水壶）、十个各种各样的杯子、两个塑料盒、三种不同的圣诞餐巾纸，她说是圣诞节剩下的。虽然圣诞节早就过去了，现在已经是二月，但在冰天雪地的美好冬日中，用圣诞餐巾纸也无妨。

我给自己挑了一张很可爱的餐巾纸，上面印着一只红鼻子的驯鹿，叫鲁道夫[1]。蒂妮珂选了一张和我一样的。我们用餐巾纸隔着拿杯子，茶太烫，会烫到手指。

站在结冰的池塘上，喝着德国最好的热果茶，吃着最后一点儿圣诞饼干，多么惬意啊！我之前都不知道自己有多饿、有多渴，现在忽然感觉到了。克里菲尔德奶奶说冬天里的小野餐可不是为了吃饱喝足，而是为了让我们暖暖身子。

她又打开一个盒子，你猜里面是什么？扭扭面包！之前我都不认识。这是一种奶油烤面包，形状很好玩，吃起来像没有果酱馅的柏林面包球[2]，不过比那个好吃多了。克里菲尔德奶奶说小时候过狂欢节总要烤扭扭面包。狂欢节也快到了，吃这个正合适。

1.鲁道夫：为圣诞老人拉雪橇的驯鹿中领头那只。

2.柏林面包球：一种德国常见的圆球形夹心面包。

"真好吃，克里菲尔德奶奶！"弗丽茨说着又拿了一块。

悠儿说现在要注意身材，但再吃一块也没关系，晚饭少吃点儿就行。

克里菲尔德奶奶很高兴我们这么爱吃，她说狂欢节可以去她家，她教我们怎么做，其实没那么难，还可以给爸爸妈妈带些回去。

吃完我们又到冰上去玩了。派特亚学克里菲尔德爷爷，也当起了解说员："现在上场的是世界第一，黑色闪电派特亚！"但克里菲尔德爷爷已经对他发起了猛烈进攻，挥舞着双手说："在小旋风克里菲尔德面前也得吓尿！"一个大人，还是一个老爷爷，居然说"吓尿"！幸好妈妈不在，不然肯定吓一跳。

克里菲尔德奶奶说："老伴儿你注意点儿！别那么说话！"她肯定也很震惊，老公说了那么没教养的话。

我和蒂妮珂笑得没法继续玩，"吓尿"比"走来走去尿急症"还要让人难为情，结果派特亚又越过我们，在悠儿面前把球打进了球门。

他满意地说："看清楚！到底谁吓尿了！都知道我'电子'溜冰鞋的厉害了吧！"

这时妈妈突然来到岸边，一手牵着茅斯，一手提着篮子。

"来野餐啦！"她边喊边高兴地挥舞着热水壶。

我们只好告诉她刚刚野餐过，肚子里没地方装她的苹果片、胡萝卜条、橘子肉，尽管都很健康。妈妈叹了口气说来晚了，她把我的旧滑雪鞋（之前当然是派特亚的）找出来给茅斯，所以什么都拖后了。野餐篮里的水果蔬菜就给晚餐当配菜吧，到那时我们肯定又都饿了。

我很高兴妈妈没有一直失望。花了那么多力气，结果没人吃她做的野餐，还好妈妈们总是很快就能摆脱失望。

茅斯也来冰上和我们玩，还说他也会打冰球。

派特亚翻了个白眼说："你就算了吧！我们队已经有弗丽茨和劳林了，都只能算半个人！茅斯连个软柿子都算不上！"

妈妈怒吼："派特亚！"

茅斯气鼓鼓地问："我连什么都算不上，妈妈？为什么说我不是柿子？我本来就不是柿子啊，你这个笨蛋！"

我和蒂妮珂笑得都要倒在冰上了（不过那样肯定会得"走来走

去尿急症"，所以我们没真的倒冰上），茅斯根本不知道软柿子是什么意思！我说："你当然是个软柿子，茅斯！因为你们男生队都是软柿子！派特亚就是个软柿子！"

"你给我等着！"派特亚吼了一声追着我满场跑，不是生气，只是玩闹。我们又一起玩了"你追我赶"，穿着溜冰鞋在冰面上玩比在平常的地面上有意思多了。

玩着玩着，克里菲尔德爷爷突然说，看啊，天边通红，太阳很快就要落山了。果然，不一会儿太阳就落下去了，突然变得很冷，于是我们都回家了。

回家也好，我冷得牙都开始"打架"了，而且已经开心了整整一下午，不觉得没玩够。俗话说"晚霞行千里"，明天是个好天，又能来溜冰。

我和蒂妮珂说自己明天还要来，她说她也来，琪琪和卡罗琳也许也会来。

回到家，妈妈已经在厨房里为我、派特亚、茅斯准备好了泡脚的热水。冬天孩子在外面玩到里外都冷透，妈妈们就会用热水给他们泡脚。妈妈还给我们每人一杯热果汁，我觉得真是舒服。

我跟妈妈说好舒服啊，她说我觉得舒服她当然高兴，不过这样可不光为舒服，更为让我们不要生病，热水泡脚和热果汁是最好的预防措施。

可惜管不管用要到第二天早上才知道。

我 病 了

我不知道妈妈哪步做错了，反正这次热水泡脚和热果汁都没管用，泡了脚喝了热果汁，我还是生病了。

第二天早上妈妈叫醒我，我感觉嗓子很痒，还流鼻涕，起床了想去洗漱又突然觉得卫生间离得好远，脚软得像橡皮一样，头也很晕。于是我马上又坐回床上。

我喊："妈妈！"但出来的只是一个沙哑的声音。我又躺回被窝，闭上眼睛。今天肯定不能去上学了，卫生间都感觉那么远，去学校的路就真的太长了。

妈妈从楼下厨房里喊："塔拉，起床了吗？"她已经为我们做好了课间要吃的点心。

我没有回答，不想回答，想回答也回答不了，幸好听到妈妈上楼来找我了。有时我和派特亚被叫醒之后又会睡着，她得注意，不然我们上学就会迟到。我不经常这样，主要是派特亚。

"塔拉！"妈妈一边说一边摇我的肩膀（只是轻轻地），"小懒虫，该起床啦！要上学呢！"

我有气无力地说："妈妈，我病了，得待在家里！"

妈妈一脸惊讶地说："哎，小可怜！"然后右手摸我脑门，左手摸自己脑门，看我有没有发烧，接着说："嗯，是有点儿烫，但应该不严重。"

妈妈从药柜拿来我的粉色体温计，上面的小公主图案都快褪没了。我把体温计插在屁屁[1]里（真让人难为情，我们家总这么测体温，妈妈说这样最准），一会儿就测完了。

妈妈皱着眉头说："三十八度，还好，也没到世界末日。"

我用微弱的声音说："就是！"妈妈笑了，说体温还是有点儿高，尤其这么早的时候（发烧时体温从早到晚会越来越高，茅斯生水痘的时候就是这样）。

"今天就卧床休息吧，好不好，我的小塔拉？"妈妈一边说一边爱抚着我的头，"安心养病，明天肯定又活蹦乱跳了。"

我想笑但笑不出来，病得太严重。

1.体温计插在屁屁：肛门体温计是通过插入肛门来测量直肠温度反映人体体温的体温计。主要用于婴儿和儿童，以及使用口腔或腋下体温计不方便的患者（如无意识的，口腔外科手术后的或癫痫发作的患者）。

　　妈妈关掉我卧室的灯，轻轻带上门，不想让派特亚和茅斯起床洗漱的声音吵到我，还对我轻声说："再睡会儿吧，小病号！"

　　你猜怎么着？我真的又睡着了，虽然已经是大早上，但房间里黑黑的感觉像半夜一样。

　　我再次醒来时，房间里已经没那么黑了，一丝光从窗帘的缝隙透进来，自己又睡了一大觉，感觉好多了。

　　可惜声音还是哑，不能叫妈妈，但正想着，妈妈就出现在门口。

　　她问："我可怜的小姑娘怎么样了？"我觉得真好，妈妈们总是什么都知道，就算孩子生病喊不出话也能马上就来。蒂妮珂说在电视上看到过，妈妈总能感觉到自己的孩子有什么事，像魔法一样。

　　结果我妈妈不是靠魔法，她说："醒了吗？我听见你的床响了，就来看看你怎么样。你睡了三个多小时！"

　　妈妈和电视上说的根本不一样，来是因为听到床响，不过我觉得无所谓，我的床太旧会嘎吱嘎吱响倒也成了件好事。

　　妈妈问："现在感觉怎么样？"

　　我轻声回答好多了，妈妈说太好了，然后给我拿来一杯热乎乎的蜂蜜接骨木果子汁。我们家的接骨木果子汁都是外婆给的，她说感冒的时候喝这个最好，秋天她去采接骨木果子，榨成汁给我们，我们生病时家里就有现成的良药。

　　妈妈在我被子上铺了一条旧毛巾，因为溅上接骨木果子汁的话根本洗不干净，她已经有经验了，我也得一口一口小心地喝完。

妈妈说："手和脚都放到被窝里！现在该发汗了！"我不喜欢发汗，但妈妈不管，说是老偏方，很管用。如果我因为太热不老实，把手或脚伸出被窝，她就要说我，因为那样就发不了汗。

我努力忍着，但只出了一点点汗。我把手伸出来一小会儿，对老偏方的效果应该没什么影响吧。

发完汗之后，妈妈问我能不能自己去冲个澡（出汗之后就得洗澡啊），这时我感觉去卫生间的路没有那么长了，脚也不再像橡皮那么软。

洗过澡之后我换上了一身干净的睡衣，妈妈把我房间的窗户敞开，让细菌病毒什么的统统出去，让新鲜空气进来。她还使劲掸我的被子，换上干净的被套，房间里一片清爽，感觉真好。

　　"你很快就会好起来啦，小塔拉！"妈妈边说边给我盖上干净的被子。

　　我觉得也是，不过我从来都不明白为什么要那么经常地换床单被套。我和派特亚都得自己换，班里一起去旅行时我们就已经会自己铺床了。每当派特亚抱怨，妈妈就说是为我们好，但就算这样也不用每周都换啊，一月一换就够了（或者只在圣诞节、复活节、生日、情人节等特殊的日子才换，派特亚提议的，我也觉得好，但妈妈不容商量）。

　　但今天，干净的被褥感觉特别棒，特别清爽，闻起来一股洗衣液的清新味道（而且是我最喜欢的一套，枕头上有一只梦游的小老鼠，头上戴着睡帽，手里拿着蜡烛，被子上还有白色和黄色的星星）。

　　不知道别人是不是也这样想，我觉得生一点点小病挺好。头疼、喉咙疼、发烧、有痰不好，但如果只是嗓子有点儿沙哑，鼻子有点儿流鼻涕，那躺在床上真是舒服坏了，可以赖到大中午。妈妈会一直来看你怎么样了，关心你，给你拿来切好的苹果、剥好的橘子，然后坐在床边给你念故事。我一千年前就会自己看了，但生病了还是会有人念书给你听，我们家就是这样。

　　我很高兴昨晚热水泡脚和热果汁没管用。我指给妈妈我看到哪一页，她应该从哪里开始念，妈妈就念书给我听。

　　你能相信吗？我听着听着又睡着了！（刚好念到好玩的地方。）后来我突然醒过来，发现妈妈不在床边，阳光照进房间，书架上我的母鸡闹钟已经快指到一点半了，被窝里的肚子咕咕叫。

　　"妈妈，我饿了！"这次我能叫出声了。我的声音也睡饱了，嗓子也不痒了。

　　妈妈总说如果知道饿，那就说明好了。我突然不想再待在床上，感觉很无聊，尽管很舒服。

　　妈妈说："好得真快啊！看吧，老偏方多管用！"

　　我想着，昨晚的热水泡脚和热果汁不也是老偏方么，就没管用啊，但我没说出来。我要说出来，妈妈就会说好吧，以后没有热水泡脚了，只有接骨木果子汁和发汗，我觉得这不是什么好主意。

我可怜巴巴地问："我能起来吗？求你了，妈妈！"

她说不行，今天一整天我都要待在床上，吃饭也用小桌放在床上吃，我觉得也不错。

妈妈特意为我炖了鸡汤，感冒时就要喝鸡汤，我很喜欢（但不喜欢汤里的蔬菜）。她拍拍枕头，让我舒服地坐在床上，然后又跑下楼去，因为派特亚和茅斯也要吃饭。

你猜怎么着？我刚把汤里的鸡肉都捞出来吃完，还喝了点儿汤，门铃就响了，我当然马上就猜到是谁。

蒂妮珂站在我房间门口说："塔拉！你的床嘎吱嘎吱响！"她小心地不走进我房间。

她马上就注意到床的事情！我说生病时妈妈一听就知道有动静呢。蒂妮珂应该之前就知道了，因为她有时在我家过夜。

蒂妮珂却说睡得太香没听到过，又说："你听起来病得很厉害啊，塔拉！是不是得了走来走去尿急症？"

我想笑，却变成了咳嗽，只好低声说："是走来走去嗓子疼！"

蒂妮珂也笑得不行，缓过来之后说："石特林老师让我把作业带给你。"

我就知道，石特林老师在作业上一贯很严。

我说："我病得太厉害啦，做不了作业。"希望妈妈也这么想，但蒂妮珂还是给了我一张纸，特意从作业本里撕下来抄好题目给我的，不过没放在我的书桌上，只是放在门口的地上，因为她太害怕被传染。我想要是被风吹走就好了，那就不用做作业了。

我问："你们做小测验了吗？"如果做了就好了，那我就躲过了，不过我知道肯定没做，石特林老师总会提前通知，让大家好好复习。

蒂妮珂小声说："没有，没做测验，但你知道我、琪琪、卡罗琳做了什么吗？"

她告诉我她们又把班上所有男生的本子检查了一遍，确定不是

我们班的男生给我写了情人节贺卡。我觉得这下安心了，我们班的男生都不怎么样。

蒂妮珂说："明天我们去查二年级的！也许是某个小朋友爱上你了！四年级的看过了，一年级的不用看，还不怎么会写字呢。"我想着，她们现在都不带我，不太好吧，归根结底是我的情书呢。

我说："也许明天我就能去上学了，那就一起查！"

但蒂妮珂说，别了别了，你还是好好待在家里吧，不然会传染给所有人。她也得走了。

我发现她真的很怕被传染，实在有点儿傻。

蒂妮珂说星期六志愿消防队要在体育馆办儿童狂欢节，她可不要这时候生病。她妈妈从网上给她买了一件很可爱的公主装，上面还有很多蕾丝和亮片。

她说："看起来就是真的公主穿的！"

电视上那些真正的公主总是穿着很普通很平常的衣服，真可怜！去狂欢节可不能穿成那样。

我觉得有点儿不公平，蒂妮珂又得到一件漂亮的公主装，去年那件旧的只是短了一点点而已（新年串门她就穿了那件），但对最好的朋友不应该嫉妒，我也没有嫉妒。

我说："回头见，蒂妮珂！明天你还来给我送作业吗？"

"当然！"蒂妮珂大声说着就走了。

我想着，现在真的要努力好起来，儿童狂欢节肯定不能错过，尽管还不知道要穿什么衣服去。如果妈妈再拿接骨木果子汁来给我发汗，我要好好忍住，不把手从被窝里拿出来。

12

生病就会收到很多礼物

派特亚和茅斯从门口探进头来,祝我早日康复,他们还是挺好的。

"我给你画了一张画,塔拉!"茅斯说着就直接走到我床边,他还小,不知道会传染,"你喜欢吗?祝你早点儿好!这是一个武士,很厉害!你喜欢吗?"

我说很喜欢。尽管看不出是个武士，更像一头鼻子长长的大象，不过画大象也不容易，而且茅斯特意为我画画就已经很好啦。

我说："太谢谢你了，茅斯！看着你的画我肯定很快就好啦！"

"当然！"茅斯喊着冲下楼去，双手挥得像螺旋桨一样，"冲啊冲啊！武士来啦！冲啊！"

派特亚对着走廊说："赶紧走吧，小屁孩！"然后把头从门口探进来对我说："怎么样啦？能挺住不？要我叫救护车吗？"他当然没给我画画。

我说："讨厌！"

"世界上最好的医生带着最好的药来啦！"他说着从门口朝我床上扔了一条巧克力，"这是最好的维生素，五分钟包好！"他本可以自己吃的。他有时挺好，没那么讨厌，我就觉得有个哥哥也不错。

"谢谢医生！"我边说边拆开包装，赶紧咬一口，趁派特亚还没改主意。

派特亚说："客气啦！我还有事，先走了！"其实只是妈妈让他去写作业。

妈妈说："没那么容易传染，要给巧克力也不用从门口扔啊！"但我觉得派特亚才不怕被传染，恐怕就想被传染呢，他肯定也想在家待一天。他只是因为觉得扔比较酷。

房间里就剩我一个人，开始觉得无聊，我感觉已经好了，却在床上什么也干不了。蒂妮珂的房间里有一台电视，我现在要是也有一台电视就好了，能看看连续剧、脱口秀。生病时能看电视最好，但爸爸妈妈绝对不同意，总说小孩儿看太多电视不好。

我得想想还能干什么，书很快就看完了，幸好想起来还有日记本，圣诞节之后安妮特姨妈补送给我的，现在正是往里面写点儿东西的好机会。

日记本不是我最爱的粉色，而是黄色，我第二喜欢的颜色。日记本上有一把小锁，这样没人能偷看，钥匙很小很小，有两把，就算丢了一把还有一把。

我又把小桌摆上床，还下了一小会儿床，从写字台上拿来彩笔，这就可以开始啦。

我在第一页写上：

塔拉的日记

"塔拉"用淡蓝色，"的"用黄色（但看不太清楚，所以又用绿色描了一遍），"日记"用粉色。蓝色当然是男生的颜色，不过我那支蓝笔的颜色特别漂亮，还有闪粉，所以我觉得女生也可以用。

我把字写得特别工整漂亮，就像印出来的一样，像书里那样。这一页看上去很空，我就在字旁边画了小兔子的背影，还画了几朵玫瑰，都是我擅长画的，有窍门哦，能画得像真的一样。

我想着，这一页好啦，真漂亮，得打电话叫蒂妮珂过来看看。

这时又突然想起日记得写上"秘密"啊，不然谁都能看！虽然可以锁上，但第一页这么好看，我都不舍得锁，锁上多浪费，谁都看不到了。

我就在最上面写了"秘密"，有点儿破坏了这一页。我用红笔写的，很醒目，还在最后加了三道吓人的闪电（也不难画）。然后我想，要不要加上"偷看者死！"呢？但已经没地方了，而且我觉得这话更像男生写出来的，如果派特亚也写日记，就会在日记本里这么写，不过他当然不写日记（文森特倒有可能）。我觉得我画的闪电已经够吓人了。

然后我就想，日记里写什么呢？

大家都知道首先要写上日期，然后可以写："亲爱的日记！"我从一本书里看来的，书里的女孩儿就这么写日记。

我不知道该怎么继续，当然可以写我病了，不过这么漂亮的日记本里写这个不够有意思，应该写些特别的事，比如被绑架了（那本书里的女孩儿就写了这个）或有人送了一匹小马，可惜我的生活中没那么多让人兴奋的事。

我想到日记本也可以用来干别的，比如做记录，我最喜欢做记录，早就想把奇奇怪怪的词都记下来。

正面已经写着"日记"，不能再用来做记录，还好还可以从反面开始啊！于是我在最后一页用粉色写上"怪词表"，下面写上第一个词"出尔反尔"，然后就想不到别的词了。我又把日记本翻到前面，前面也想不到写什么，后面也想不到写什么，也许收到情书的事够好玩儿，可以写进日记里。我正要开始写，爸爸就来我房间了，我才发觉已经那么晚了！还好爸爸不是要拿接骨木果子汁来给我发汗，而是给我拿来了一本《女生》杂志。

他说："小病号，打扰一下！我给你带了这个。你怎么样了？肯定已经好得差不多了吧！"

我真高兴！我们家不怎么买好看的少女杂志，尽管里面经常有戒指、发卡、手链之类很棒的赠品。

　　蒂妮珂的妈妈每周都给她买三本杂志，但她根本就不看。妈妈说有这钱都可以买本正经书，看完放在书架上，以后反复看，陪伴一辈子，而杂志看完就扔，钱也打了水漂。我觉得杂志也可以留着啊，有些事妈妈想不清楚，真让我吃惊，也许爸爸更明白吧。

　　我说："谢谢爸爸！"可惜不能亲他一下，因为会传染。我马上翻开杂志，这期的赠品是纹身贴，看起来是一只蝴蝶，其实是一张脸，我觉得很特别。

　　我快速给爸爸看了日记本漂亮的第一页，他说非常棒，我把两把钥匙中的一把给了他，以防我把钥匙丢了，万一呢。爸爸们保管东西总是很注意，这样就一直有把备用钥匙。

爸爸说把钥匙放在我们家的钥匙柜里，而且因为钥匙太小，他还会做个带子系上，这样就不会看不见。

我说真是个好主意，又问："爸爸，你觉得我周六能去体育馆的儿童狂欢节吗？到那时我就好了吧？"

爸爸说："肯定啊，还有好几天呢！到周六什么盛大的舞会聚会都能参加。"

听完我就心满意足地看起了杂志，真的很有趣。我想着，如果总能得到这么好看的杂志，那多生几次病也好。

13

秘密揭开了

星期五我得上学去了，妈妈说我退烧了，声音也正常，只是还有点儿流鼻涕。

幸亏我去了！石特林老师和我们讨论了下周一班里庆祝狂欢节的事。她说下周一叫"玫瑰星期一[1]"，狂欢节就在这一天达到最高潮（体育馆为什么周六就办活动了呢？我不知道，不过我觉得越早越好，蒂妮珂也这么觉得）。

语文课上我们写了一篇作文（可惜不用画图），课后由我来收本子，因为我病刚好。你猜发生了什么？

我最后一个收尹珂的，她还在写，我在她交上来之前看到了她

---

1. 玫瑰星期一：德国狂欢节的主要日子。

的字，看得我差点儿晕过去：尹珂的字和贺卡上的字一模一样！就是画着可爱粉色小龙的那张贺卡！

我的心跳都快停止了，突然明白过来，那根本就不是情书，也不是男生送的！是尹珂写的，我都和她同班那么多年了！这下就说通了，男生才不会买粉色的东西呢。早该想到的，我一直都知道尹珂写字不好看。

我赶紧把本子拿上去交给石特林老师，想着要不要告诉蒂妮珂、卡罗琳和琪琪，她们都以为有人爱上我了，在帮我调查呢，结果实际上只是普普通通的尹珂！

人应该诚实，有什么说什么，但我不太想说，太不好意思了，晚点儿再说吧。

下一节课我们定好了班级狂欢节谁带吃的，谁带餐巾纸，谁带彩带，等等，我很快就把情书的事忘了。每个人还要为班级狂欢节想个游戏，所有人能一块儿玩的那种。石特林老师说："独乐乐不如众乐乐！"那是当然，我还以为她又要说做点儿什么，为非洲儿童募捐，让他们可以买书本文具，我们老这么做，但这次她倒没说。

课间休息时我们讨论了狂欢节穿什么衣服。

琪琪插嘴说："我们不用再查啦！爱上你的人也不是二年级的，昨天我和蒂妮珂、卡罗琳查过了。"

我说："哦，是吗？"心里希望没人发现我脸红了，但蒂妮珂还是很奇怪地看着我。

卡罗琳说她去年的吸血鬼服装还能穿。琪琪说要扮成芭蕾舞女，因为她在学芭蕾舞，需要的东西都有，而且扮成芭蕾舞女看起来也很漂亮。蒂妮珂也有从网上买的好看的新公主装。

只有我还不知道该穿什么！新年串门时我穿了妈妈的旧连衣裙和高跟鞋，但我觉得狂欢节不能再这样。蒂妮珂让我不要愁，到星期一还有好久呢，在那之前我肯定能想出来。

到星期一确实还有好几天，但到星期六已经没多久啦，体育馆的狂欢节就在星期六，我也需要好好打扮起来啊！我真要绝望了。

体育馆办狂欢节这么大的事情，我却没有合适的衣服穿，这怎么行！

吃午饭时我和妈妈提议："我们迅速去城里一趟买一件吧。"

妈妈说我疯了，她说："要是树上能长钱我们就去买。"我知道没戏了，就算再过一千年，我们海鸥街的树上也不会长钱。

下午我和弗丽茨、悠儿在弗丽茨的房间玩化妆游戏（蒂妮珂跟她妈妈去看牙医了），悠儿说她周六不去体育馆，狂欢节是小孩子才过的，对她来说太幼稚了。他们班搞了一次调查，结果几乎没人想办班级狂欢节，悠儿说他们要改成舞会。

是不是很傻？能办狂欢节谁要办舞会啊？狂欢节又可以跳舞又可以扮装，两样都有。如果长大后连这么好的事都不想做，那我宁愿不要长大。而且狂欢节也不幼稚啊，大人也过。我们在体育馆庆祝完儿童狂欢节，大人就要开始他们的狂欢节了。蒂妮珂的妈妈说狂欢节特别受欢迎，四周之前她想买票，结果发现早就卖完了。

不过我没有对悠儿说，因为我突然想到一个好主意！我问她："那你的服装呢？去年那件，现在挂在衣橱里没人穿吗？"

悠儿说没事，不用操心，衣服早就归弗丽茨了。

弗丽茨说："公主服！真正丝绒做的哦！"

我的主意落空了，很郁闷地回家吃晚饭。

茅斯穿着旧的老虎服站在厨房里，衣服还是太大。今年他还去不了体育馆的儿童狂欢节，要六岁以上才行，因为要孩子们独自行动，不过他们幼儿园当然也举办了狂欢节庆祝活动。

妈妈说："太棒了，茅斯！我把袖口和裤脚折进去点儿就能穿啦，就像给你量身定做的一样，明年放长又能再穿一次。"

我把化妆包放在厨房桌子上，气鼓鼓地看着妈妈，问她："那我呢？我呢？"

妈妈说放心啦，她也为我想了个特别好的主意。

她说："扮成穿靴子的猫！你觉得怎么样？"

我不知道怎么扮成那个："我又没有猫的衣服！"

妈妈走到门口拿来我的红色胶鞋。她把鞋子擦得干干净净，我都快认不出来了。她说："你还没有服装，先试一下鞋吧！"

妈妈说她上网搜了搜（和蒂妮珂的妈妈一样），找到许多很棒的给孩子化妆的窍门。她看我拿着化妆包去了弗丽茨和悠儿家，才想到这个主意。

妈妈说："你就穿上黑色打底裤，还有我的黑色长袖 T 恤，再加上你的红色胶鞋。我会把你的脸画得棒棒的，没人能认出你！"

茅斯问："我也认不出吗，妈妈？我也认不出塔拉吗？我能认出来！"

妈妈说："好，你能认出来！现在我们把塔拉变成一只小猫，怎么样，茅斯？"

我还是有点儿不高兴，因为觉得穿上黑色打底裤、妈妈的长袖 T 恤和普普通通的胶鞋并不算变装，但妈妈还从地下室的扮装箱里拿来了黑色的猫耳发箍，这样可能更像猫一点儿吧。（说是"扮装箱"，其实是一个旧被套，我们把用来扮装的东西都收在里面。）

然后妈妈就开始给我化妆，中间叹了一口气，又用毛巾在我脸上这擦擦那擦擦，突然满意地点头说："好啦！现在穿靴子的猫可以去照镜子啦。"

我冲到楼下的卫生间，天啊，妈妈画得太棒了！我都不知道有一个这么会化妆的妈妈。我自己都认不出自己，脸被画白了，只有边上是黑的，正好配合我深色的头发，鼻尖上有浓浓的一点黑，就像猫鼻子一样，旁边还画了许多胡须，看起来真是一只很可爱的猫。我觉得狂欢节打扮成这样完全可以。

茅斯问："礼帽呢，塔拉？穿靴子的猫有一个礼帽，上面还有羽毛！"

　　我又慌了，突然想到也许自己的服装还不够好，如果看起来只是一只穿着胶鞋的猫，那就太烂了。

　　我说："对啊，礼帽呢，妈妈？我的礼帽在哪儿？"

　　妈妈说家里没人戴礼帽："要不你和派特亚借一下他的棒球帽？"

　　我真的生气了，嚷嚷着："棒球帽又不是礼帽！"茅斯说："棒球帽，哈哈哈！那个猫才不戴棒球帽！"

　　我说："大家都会笑话我！"妈妈看起来若有所思，说外公之前总戴一项礼帽，不过他已经去世了，就算还在，他住得那么远，也帮不上忙。

　　听她这么一说我倒想到一个办法，我说："克里菲尔德爷爷！他也是个爷爷！肯定也有礼帽！"

　　我冲向门口，妈妈喊："塔拉，穿上外套！别又感冒了！"

　　不过我穿着胶鞋，头上还戴着猫耳发箍，应该没事。

　　克里菲尔德爷爷马上就开了门，因为我疯狂按门铃，其实不应该这么做，这样不礼貌，但不快点儿进屋就会感冒啊，所以也可以原谅吧。

　　克里菲尔德爷爷边挠头边说："怎么回事？谁来看我们了？老伴儿，快来啊，有只小猫站在门口呢！"

　　就算我化了妆，他也肯定知道是我，不过以防万一我还是说："是我啊，塔拉，克里菲尔德爷爷！我不是小猫，是穿靴子的猫！你有礼帽吗？"

克里菲尔德奶奶拿着一本书从客厅出来说："当然有啊，塔拉！你随便选。"

她给我看了三顶礼帽，都很老式，就像穿靴子的猫戴的那种。一顶是灰色的，还带着灰边；一顶是黑褐色的，有菱形小格子和一圈褐色；最好看的还是一顶绿色的猎人帽，上面还有一根羽毛，我就拿了这顶。

克里菲尔德奶奶说：“不错，选得好，塔拉！老伴儿你戴这顶帽子看起来总是很威武。”

我可以想象得出来，现在我看起来也很威武。

晚上我一躺上床，就又想起神秘贺卡，突然意识到现在有重要的事可以写进日记了，于是又轻轻起来。

我在日记里写：我有一套很漂亮的猫服去参加狂欢节，还要化妆。我的神秘贺卡其实不是“文”写的，而是“尹”写的，真让人不好意思，不过幸亏不是“阿”也不是“安”写的。

我把名字缩写了，因为不知道谁会偷看日记，派特亚说不定会，只写“文”“尹”，他就不知道是谁，总归好点儿吧。（另外，“阿”代表阿德里安，“安”代表安德烈。）

我得奖啦

第二天下午，蒂妮珂和弗丽茨来叫我一起去狂欢节，我很兴奋。

弗丽茨说："塔拉，你看起来真棒！"

我也觉得，但妈妈的长袖T恤实在太大，领口都快从我肩膀滑下去了，不过我在底下加了一件我自己的黑T恤，妈妈用胸针把领口别住就好了。

蒂妮珂穿着夹克，只露出一点儿里面的衣服，不过我马上就认出是漂亮的公主装，就是我之前看过的那件。

我们到了体育馆，气氛很好，说到底我们这个区的孩子几乎都想来参加狂欢节。门口放着课桌，少年消防队的男生女生们穿着制服坐在后面，负责检票。出示门票就会拿到一个号码，要贴在背后，入口的阿姨说是为了扮装比赛。我拿到了229号，蒂妮珂拿到了

228 号（她排队时站在我前面）。

我们还拿到一张礼券，和夏日嘉年华那个一样，可以换一杯柠檬水和一根小香肠，还可以玩四个项目。

我排在派特亚那队，他是少年消防队的，但不肯给我两张礼券，说："你想什么呢？这里我要负责！"

其实我觉得哥哥没有作弊很好，反正我也吃不下两根小香肠。

我、蒂妮珂、弗丽茨把外套放在女更衣室，然后就进去了，里面都快认不出来了！蒂妮珂也说快认不出了。光孩子们扮装是不够的，体育馆也得打扮起来，都是消防队和少年消防队做的，屋顶下有许多网，兜着鲜花、彩带、塑料海星、只有一只手的模特、锅碗瓢盆什么的，一堆互不相干的东西。今年狂欢节的主题是"远洋之上"。蒂妮珂说渔夫在海上打渔，一网捞上来肯定什么乱七八糟的都有，不光是鱼。她说的也对。

爬架上也挂着网，兜着鱼。欢快的音乐从喇叭里传来，但人多嘈杂，听不清楚。大部分孩子打扮成了公主、牛仔、吸血鬼、长袜子皮皮[1]、蝙蝠侠，还有几个小小孩打扮成了小猪佩奇，倒没几个人扮成猫。

一个人在喇叭里唱："我头上有洋葱，我是烤肉夹饼，越吃越

1.长袜子皮皮：瑞典儿童文学作家阿斯特丽德·林格伦的童话代表作中的主人公。主要讲述了一个叫皮皮的小姑娘的故事。

美好！"这歌也太好玩儿了吧？我们马上就跟着唱起来。琪琪（扮成芭蕾舞女）和卡罗琳（扮成吸血鬼）也到了，还有好多同学。弗丽茨也跑去找她的同学了。

喇叭里的音乐停了，一个声音说："亲爱的孩子们，大家好！"声音有点儿刺刺啦啦，我们都去看谁拿着麦克风，当然是消防队长。

"大家的服装都很棒！你们也知道，我们每年都要为最佳服装颁奖，今年也一样。让评委在大厅里走动观察吧，我们先一起玩几个游戏！好不好？"

大家齐声喊："好！"我觉得蒂妮珂凭她华丽的公主服肯定能拿第一，我为她高兴，因为她是我最好的朋友。我都没看到有哪件服装比蒂妮珂的更好看，她的衣服上有好多水钻、蕾丝、花边、彩带。

消防队长说玩舞蹈游戏"一起抖"，舞蹈游戏大部分我都会，就是没听过这个，估计和"跳跳停"差不多。喇叭里又传来音乐声（可惜不是之前那首"头上有洋葱"），体育馆里的所有孩子向同一个方向绕场跳，真挤，不过蒂妮珂说这样才好玩，然后主持人突然对着麦克风喊："左手！"所有人就一边跳一边抖左手，他喊："右手！"当然就得抖右手，所以这个游戏叫"一起抖"。他喊"右脚！"，这就有点儿难，我差点儿栽个跟头，一边跳一边抖脚实在不容易。他喊："全身！"大家简直乱成一团，你撞我我撞你，不可能所有

102

人同时又跳又抖啊！但很快主持人又喊："耳朵！"大家就静下来，因为耳朵没法儿抖！有些孩子抖整个头，我觉得是作假。

之后休息一下，可以排队领小香肠和柠檬水，还可以用礼券玩游戏，又是很多人挤来挤去。这么多孩子，只有四个项目太少了，每一队都有很多人，还有人要插队。我和蒂妮珂都小心翼翼地排着队。

游戏项目和夏日嘉年华的一样，巧克力之吻大炮[1]、灭火，不过当然不是真的，火焰是木头做的，被棒球打中就往后倒（夏日嘉年华我们用真正的消防水管去喷，但在体育馆里当然不行，不然就该淹水了）。

夏日嘉年华我用水柱打倒了十个，得了"消防大师"，但现在用棒球只打倒了七个，只得了"消防能手"。

半个小时后（大概吧，我没看表），游戏项目就关了，音乐又放起来，不过我们只跳了舞而已，已经有点儿累了。琪琪说真不明白大人过狂欢节为什么要玩到那么晚，她玩一小会儿"你追我赶"就快受不了了。

我还没来得及说我爸爸玩"你追我赶"总能玩到最后，喇叭里就又传出声音。

消防队长说："亲爱的孩子们，评委已经做出决定！大家都到前面来，我们要颁奖了！"

1.巧克力之吻大炮：详见本套书第二册《海鸥街的夏天》。

蒂妮珂兴奋起来，我也是，因为她是我最好的朋友，她要是得了奖，我也会高兴。

消防队长说："首先，最佳男生服装奖！131号！请上台来。"

131号是我们学校的一个男生，读一年级，他穿着蝙蝠侠的服装，看起来很真，和电影里的蝙蝠侠一样，脸画得也很棒。

消防队长说："大家为最佳男生服装鼓掌！"然后把一副羽毛球拍颁给了他。队长说消防队鼓励青少年锻炼身体，因为少年消防队只要够强壮的人，等穿蝙蝠侠衣服的孩子年龄够了，也可以加入少年消防队。那个男生微微点头，得第一名让人很害羞。

我们都鼓掌，我内心很激动，因为马上就该轮到蒂妮珂了！我紧紧攥着双手，攥得都痛了。

消防队长说："现在，最佳女生服装奖！"蒂妮珂已经向前迈出了一步，脸也变得通红。"96号！"，我看了看蒂妮珂背后，根本不是96号，是228号，但蒂妮珂还是上去了，也许她没注意听。我小声说："蒂妮珂，是96号！"

蒂妮珂一脸惊讶地看着我。一个四年级的女生上了台，穿着吸血鬼的服装，很漂亮，就像公主服一样，只不过有些地方扯破了，脸也画成吸血鬼的样子。她快速地把吸血鬼的獠牙放进嘴里（跳舞时当然不戴着，难受），背后是96号没错。

我小声说："不公正！"卡罗琳和琪琪也点头。

我小声对蒂妮珂说："她没有你好看。"然后我们都安慰蒂妮珂，没注意消防队长给那个女生一副羽毛球拍，还说少年消防队一直都喜欢吸血鬼。

琪琪突然很兴奋地拍我："229号！塔拉，叫你呢！"

我先向台上看了看，消防队长正说今年还评出了第三个奖，叫作"简约传神奖"，229号得奖。

我两腿打战地向台上走去，庆幸脸上化了那么厚的妆，因为自己都知道现在脸有多红！得奖总是让人有点儿不好意思。

消防队长说我是一个很棒的例子，说明不用花很多钱也可以做出很好的服装，只要有想法、下功夫（其实这想法是妈妈从网上找来的），还说我完全配得上这个奖，而且肯定也想在不久后加入少年消防队。我说哥哥已经是少年消防队的一员了，消防队长说："太巧了！"然后也给了我一副羽毛球拍，不过我们家已经有一副了。回

　　我下来，走向蒂妮珂、卡罗琳、琪琪，派特亚在我走过时拍了一下我的胳膊说："厉害，小猫咪！"我觉得很棒。

　　我有点儿害怕蒂妮珂会生我的气，因为她更应该得奖，而现在得奖的却是我。

　　不过她没生气，说我得奖是因为我的服装非常省钱，而她的服装花了很多钱，根本不可能拿这个奖，所以不生我的气。

　　蒂妮珂很好吧？她真的就是我最好的朋友。

　　我突然想起，也许应该告诉她我的"情书"其实根本不是情书，而是尹珂写的。我正要和她说，消防队长就让我们把体育馆让出来，晚上还有大人的狂欢节，要先把桌椅布置好。

　　我小声对蒂妮珂说，之前我们说对了，大人也不能坚持站很久，也要时不时坐下。然后又说要告诉她一个秘密，她要发誓绝不能告诉任何人，否则天打雷劈。

　　我说："你发誓！"

　　蒂妮珂竖起三根手指一本正经地说："我发誓！"

　　我就告诉她我的"情书"其实是尹珂写的。

　　"啊？"蒂妮珂叫了出来，"尹珂写的？她爱上你了？！"

　　我说："不是不是！我们以为那是一封情书，是男生送的，因为字写得歪歪扭扭，其实不是！"

"啊，对！"蒂妮珂边说边拍了下脑门，"我们真蠢！那其实没有人爱上你啊。"听起来似乎还有点儿开心。她拍拍我的肩膀说："你知道吗，塔拉？那你现在还可以和文森特结婚，以后我们都一直住在海鸥街。我真怕你更喜欢爱上你的那个人，那这事就成不了啦！"

我说："不会的，和文森特的事没问题。"

我突然意识到那封可爱的贺卡不是男生送的其实也是好事，庆幸自己告诉了蒂妮珂，不然都意识不到呢！有这么一个最要好的朋友真是太有用啦！

15

学校的狂欢节

星期一学校里办狂欢节，我又打扮成穿靴子的猫去了，但这次没有评奖。石特林老师说总比较谁的服装更好很没意义，有的妈妈有许多时间，可以做出很棒的服装，有的妈妈没时间做。

蒂妮珂说："可以上网买啊！"

石特林老师摇摇头说，不是所有人都有上网买服装的钱，也没有那个必要。她看大家的服装都很棒，没法儿决定给谁颁奖，我们班每个人都应该得奖（这不对，我觉得蒂妮珂的公主装最漂亮，我的"穿靴子的猫"也不错，卡罗琳的吸血鬼、琪琪的芭蕾舞女还有许多都不错）。

我们在窗台铺上餐巾纸作为桌布，在上面摆好吃的作为自助餐，很丰盛，因为每个人都带了吃的来！我又带了妈妈的招牌炸丸子，不过这次不是青麦芽做的，妈妈说同学们肯定更喜欢肉做的，孩子都不喜欢青麦芽。还有螺旋包（自家做的）、夹心巧克力球（买的）、什锦坚果、小香肠、巧克力酱裹大理石蛋糕。蒂妮珂还带了一个蛋糕，从超市冷柜买的，上面有塑料的小象。她说蛋糕可以大家吃，但小象要留给她。

我们玩了之前想好的游戏，我最喜欢石特林老师的那个，叫"抢勺子"。我说一下怎么玩，说不定有人也想试试。

我是第一批玩的，五个孩子站在过道尽头，石特林老师在另一头的地上摆了四个勺子，正好少一个，然后给我们讲故事，每当说出"勺子"这个词，我们就得跑过去抢勺子，太慢了没抢到要被淘汰，跑错了或抢跑也要被淘汰。

故事是石特林老师自己编的，真正的故事肯定不会那么多次提到"勺子"。

她娓娓道来："从前有一位国王，他有三个美丽的……"我们都以为她要说"女儿"，可她却说"勺子"。我们五个人都以前所未有的速度冲了出去。亚妮娜第一个被淘汰，气呼呼地说没有哪个国王会有三把漂亮的勺子，真是个愚蠢的故事。也许她没明白怎么玩吧。

石特林老师又继续讲下去："国王还有三个美丽的女儿，等她们到了要国王帮她们招驸马的年纪，就给她们每人……"所有人都以为石特林老师会说"一把勺子"，阿尔内都已经冲了出去，可惜石特林老师说："一块蕾丝桌布！"所以他被淘汰了。这故事太古怪了吧？（"驸马"这个词也很特别，之后我记在了怪词表里。）

石特林老师总是逗我们，有时候我都激动得忍不住要冲出去，不过一次都没抢跑，倒数第二个才被淘汰。

卡罗琳最后胜出，不过没拿到什么奖品。石特林老师说游戏的快乐和最后的胜利就已经是足够的奖赏，我觉得也是。

然后我们还玩了常见的游戏，就是狂欢节总玩的那些。大家还要玩"一起抖"，因为在体育馆的狂欢节上玩过。

该回家时，妈妈的油炸丸子都被吃完了。我很高兴，这代表其他人都很喜欢我带的东西。

做扭扭面包

妈妈在家等着我们，说今年狂欢节会有一个正宗的"玫瑰星期一"，之前克里菲尔德奶奶来过，叫我们下午三点去她家做扭扭面包，这是狂欢节的习俗，而且我们还可以穿狂欢节的服装去。

茅斯问："我也可以去吗，妈妈？我也能去做歪歪面包吗？"他还穿着幼儿园狂欢节的老虎服，妈妈把裤脚折得太短，他的红袜子都露出来了。我又好气又好笑地说："是扭扭面包！"

我又去告诉蒂妮珂、弗丽茨和悠儿，连悠儿都要来，她说狂欢节做传统食品不是骗小孩的把戏，不过她不想扮装。

派特亚下午要去少年消防队训练，所以不能来。他说以后要当美食家，女生做东西，他品尝然后说做得好不好。

我说："不要不要！那可不行！"

劳林要做题（他学习成绩没文森特好），所以文森特也不想来了，说："如果就我一个男生我就不去了。"

茅斯说："还有我呢，我也是男生，我去，文森特！我不是老虎，我是茅斯！你认不出是我吗？"

文森特说谢谢不用了，太冒险，万一老虎要咬他呢？他可不要和一群女生、一只穿着红袜子的老虎一起做糕点。

所以就五个人去克里菲尔德奶奶家做扭扭面包，不过人也挺多，大家都想参与，步骤也没多少，得公平分配，人再多就不够分了。

克里菲尔德爷爷给我们开了门，我看见屋里装饰得很有"玫瑰星期一"的感觉，走廊镜子上、落地灯上、楼梯扶手上都挂着彩带。

克里菲尔德爷爷大声说："快请进，快请进！老伴儿，你能干的小帮手们来啦！"

克里菲尔德爷爷没有穿什么特别服装，但戴着一顶尖尖的帽子，上面还有许多彩纸条，看起来很有狂欢节的感觉。

我们把鞋脱在门口，进了厨房，看见克里菲尔德奶奶戴着一顶有小铃铛的圣诞老人帽，鼻子上还有一个塑料红鼻头！老奶奶也这么疯！（做扭扭面包时她把红鼻头拿掉了。）

克里菲尔德奶奶说狂欢节的意义就在于最理性的人也能一年疯狂一次，毫无顾忌。我得把这话告诉爸爸妈妈，他们从来不过狂欢节，妈妈说大人都觉得狂欢节很傻。

克里菲尔德奶奶没有戴彩纸条，她说和面时掉进去就变彩纸扭扭面包，那就不好了。

我们每人都系了一条围裙，克里菲尔德奶奶也把需要的材料都放在了操作台上，有面粉、酵母、糖、起酥油、鸡蛋、牛奶，还有一点儿盐，就这么多，没有别的了！扭扭面包配料真简单。

我们不用争谁量什么放进厨师机里，悠儿说这些骗小孩的把戏她才不争呢，她来就是为了看看怎么做，小朋友们想做什么就做吧，说得好像我和蒂妮珂还是小小孩儿一样！弗丽茨也已经上二年级了呀！我真不明白为什么现在的悠儿有时很讨人厌。

蒂妮珂撒酵母，弗丽茨放糖，茅斯放面粉（克里菲尔德奶奶看他放的是不是正好），我要很小心很小心地把鸡蛋和一点点温牛奶放进去，然后悠儿打开厨师机（她说只是为了帮帮我们，让我们四个不要争）。面团要搅拌一会儿。克里菲尔德奶奶说，如果有人告诉我们一定要用做法复杂的老面团才能发面，那别听他的，她想告诉他发面不用那么麻烦也能发得很好。就用机器和面十分钟，做什么东西都可以。

　　我不知道什么是"做法复杂的老面团"，但克里菲尔德奶奶的面团真的很简单。

　　克里菲尔德奶奶说："现在让面发半个小时，会有惊喜哦！"悠儿听后关了机器，反正我们也开始觉得有点儿无聊了。

　　茅斯的老虎袖子沾满了面粉，他问："面会发吗，克里菲尔德奶奶？一团面怎么会发财呢？"然后又一直说，"面团发财啦，面团发财啦！"笑得直不起腰。

　　发面的发不是发财的发，发面就是把面放在温暖的地方半个小时，它自己就会变成两倍大，简直像魔法一样。

　　克里菲尔德奶奶说不是魔法，而且面团被穿堂风一吹就会瘪下去，所以我们要非常小心地打开厨房门去饭厅，克里菲尔德爷爷正拿着那个老式游戏等着呢，我们来克里菲尔德爷爷奶奶家时总玩这个（老年人会玩的游戏不多）。

　　克里菲尔德爷爷问："玩一轮面就发好了，是吧，老伴儿？"

　　这个游戏只能四个人玩，而我们有七个人，所以分了组，克里菲尔德爷爷和茅斯一组，我和蒂妮珂一组，弗丽茨和克里菲尔德奶奶一组，悠儿一个人一组，她说没关系，这样至少不会有人和她争执。

　　于是我们就开始了，玩了两轮，悠儿赢了一轮，克里菲尔德爷爷和茅斯赢了一轮。克里菲尔德爷爷大喊："棒！"

　　老爷爷也这样真是好笑，我觉得他是从电视上看来的。克里菲尔德爷爷总喜欢说笑。

茅斯也喊起来："棒棒棒！我们第一，你们好差劲！"

克里菲尔德爷爷说："不能这样，茅斯！赢了也要有风度，好像别人也得了第一名一样。"

克里菲尔德奶奶说面团应该发好了。确实，我们到厨房一看，面团都快从盆里冒出来了！

但精彩的还在后面。

蒂妮珂先十分小心地在操作台上撒了一些面粉，然后我从盆里拿出面团（又重又黏）放在台子上，弗丽茨再用沾好面粉的擀面杖擀面，要擀到很薄。她力气不够，所以我、蒂妮珂还有茅斯都帮她擀了一会儿（悠儿说谢谢不用了，她就不掺和了），面团变成又大又平的一块，好像一张饼。

然后我们把四片起酥油捏碎，放进克里菲尔德奶奶的大高压锅里（没盖盖子），让它融化。

蒂妮珂问："克里菲尔德奶奶，你没有电炸锅吗？"她妈妈总看许多美食节目，所以她家什么都有。

克里菲尔德奶奶说："那东西不好用，我从来不用！"

然后她用一把锋利的刀把面饼切成一片片菱形，差不多和我的手一样大，每片中间再划一长道，我等下给你们看是什么样子。

她说："现在该你们啦！"

克里菲尔德奶奶算好了，十五片菱形，正好每人做三片（包括悠儿）。

我们要用菱形的两个对角穿过中间那道缝，从背面伸出来，这形状看起来真好玩儿。茅斯一开始弄不好，克里菲尔德爷爷帮他，做完后说："扭扭面包扭好啦！现在到危险的一步了。"

克里菲尔德奶奶把扭好的一个放在漏勺上，很慢很慢地浸入锅里的滚油中。然后就该我们放了，不过要很小心，克里菲尔德爷爷说被溅出来的热油烫到可不是闹着玩的，他帮茅斯放，对茅斯说："因为我们一直都是最佳组合！"茅斯一点儿都没有不乐意。

我们女生要自己放。等待油炸的时间里，在深盘子里倒好糖。扭扭面包在油里翻来滚去，好像翻跟头一样。等它们都浮上来，看起来又黄又脆，就可以用克里菲尔德奶奶的漏勺把它们都捞起来，放到厨房纸上，在操作台上沥干，然后在糖盘子里翻一翻，沾上了许多糖。真想不到扭扭面包看起来这么好玩，鼓鼓囊囊、扭来扭去、金灿灿、嘎嘣脆。

克里菲尔德爷爷说："现在好好享受吧，开吃啦！"

我们站在厨房里就开始吃，克里菲尔德奶奶说做好就该在厨房趁热尝一尝。

"不错！"悠儿一边说一边舔着手指上的糖，"可惜热量爆炸。"

我无所谓，一年吃一次热量爆炸也没关系，平时我都不太吃甜食。

克里菲尔德奶奶给了我们一人一个封口袋，可以把没吃完的带回去。我们想马上回家给大人看，那就得马上走了。

克里菲尔德爷爷说也好，反正他得收拾厨房，他家"领导"很严格。

蒂妮珂、弗丽茨、悠儿已经走了，茅斯也在门口穿好了鞋子。我问："要我帮忙吗，克里菲尔德爷爷？"其实我不太想刷盘子、扫地，但还是得问一下，不然不礼貌。

克里菲尔德爷爷说多谢多谢，他最喜欢的塔拉真好，但那样我袋子里的扭扭面包就要冷掉啦，热着吃最好，所以还是赶紧拿回家让妈妈尝尝吧。

我松了一口气。

妈妈尝了一个我做的一个茅斯做的，很惊讶地说真好吃。

她说两个一样好吃，"就是热量爆炸！"，和悠儿说的一模一样！不过妈妈还是让我把制作方法写在她厚厚的菜谱本里。那本子旧得都卷边了，在厨房做东西时难免要用脏手去翻。

妈妈说不知道量就不用写，她能估计，但一定要把中间划一道的菱形画出来，她之后才能做对。

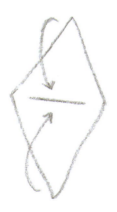

我感到很满足，晚上爸爸也说很好吃。如果明年我们家也做扭扭面包，也许爸爸妈妈就会知道狂欢节一点儿也不傻，是一个非常好的节日。

　　我高高兴兴地上床睡觉，想着其实没有人爱上我是多么好的一件事，我就可以和文森特结婚，我们所有人能永远一起住在海鸥街，狂欢节一起做扭扭面包，一直幸福地生活。想到这里我就心满意足地睡着了。